Sabine Richling

Kein Sex mit einem Millionär

Sabine Richling

Kein Sex
mit einem Millionär

*Bibliografische Information der Deutschen National-
bibliothek:
Die Deutsche Nationalbibliothek verzeichnet diese
Publikation in der Deutschen Nationalbibliografie;
detaillierte bibliografische Daten sind im Internet
über http://dnb.dnb.de abrufbar.*

*© 2016 Sabine Richling
Coverbild: NinaMalyna /Shotshop.com*

*Herstellung und Verlag: BoD – Books on Demand,
Norderstedt*

ISBN: 978-3-7412-7368-1

1

„Mein Gott, was redest du wieder für dummes Zeug!", knallt mir mein Mann um die Ohren, während wir mit seinen Geschäftsfreunden in einem Restaurant zu viert am Tisch sitzen und über Politik reden. Gähn! Ich habe mir erlaubt, meinen Senf dazuzugeben, eine kleine Anmerkung zu machen, als ich merkte, dass mein werter Gatte falsch informiert ist. Aber erneut ist es ihm gelungen, seine eigenen Unzulänglichkeiten zu verbergen, indem er mich als latent verblödet darstellt. Peinlich berührt hüstelt Herr Hühnerbein in die Serviette, auch seine Frau popelt mit der Gabel im Fleisch herum und überlegt, wie sie die gute Stimmung retten kann. Komisch, dass mein Daniel solche Überlegungen nie anstellt, schließlich bringt er uns regelmäßig in solch eine Lage, in der man gerne vor Schmach im Boden versinken möchte. Ich überlege, mir eine Tüte über den Kopf zu ziehen, um mir damit kurzfristig das Gefühl zu geben, nicht hier zu sein.

Seine Beleidigung zu kommentieren, erspare ich mir, immerhin haben wir uns gerade ausreichend zum Gespött des Abends gemacht. Das bedarf keiner Fortsetzung.

„Entschuldige", sage ich leise und lege mein Besteck beiseite. Mir ist der Appetit vergangen.

„Wenn du es nicht besser weißt, halte dich aus dem Gespräch heraus", tritt Daniel nach.

Jetzt bin ich still und möchte meinem Gemahl gerne meine Roulade ins vorlaute Mundwerk stopfen, da ich sie ohnehin nicht mehr essen werde. Doch ich halte mich zurück und schlucke meine Wut herunter.

„Sagen Sie, Herr Hartmann", geht Frau Hühnerbein dazwischen, „wohin fahren Sie eigentlich dieses Jahr in den Urlaub?"

Geschickt hat sie das Thema gewechselt und die Lage entschärft.

Da erwacht Daniel zu neuem Leben, denn über Urlaube redet er gern. Als hätte es seine Entgleisung nicht gegeben, gerät er in feurige Ekstase.

„Dieses Jahr haben wir fünf Reisen geplant. Im Frühjahr werden wir wieder eine Kreuzfahrt machen, diesmal auf dem Mittelmeer", antwortet er voller Inbrunst.

„Oh", entfährt es Frau Hühnerbein, „das ist ja großartig.

„Ja, aber dieser Trip ist nicht unser Haupturlaub, den werden wir in Südafrika verbringen, nicht wahr, Leonie?" Er lächelt mich an und stößt mir seinen Ellenbogen gegen den Oberarm. „Da freuen wir uns besonders drauf."

„Klar", sage ich und verstumme sogleich wieder. Ich möchte nicht noch einmal zurechtgewiesen werden, weil ich in seinen Augen Müll rede.

„Du hast diese Reise doch gebucht, sag ruhig auch mal was dazu."

„Ja, später, ich muss mal aufs Klo", erwidere ich gereizt und erhebe mich. Ich hänge mir meine Handtasche über die Schulter und erwäge, einfach zu gehen. Stattdessen steuere ich die Waschräume an, ich Feigling! Ich weiß nicht, warum er mich ständig bloßstellen muss. Natürlich habe ich die Reise nicht gebucht, sondern er. Ich habe keinen blassen Schimmer, wohin es genau geht und welche Hotels er für uns ausgesucht hat. Ich hasse es zu verreisen! Meine Heimat ist mir lieb und teuer und ebenso mein Hobby. Ich male. Seit meiner Jugend beschäftige ich mich mit der Malerei und könnte den ganzen Tag nichts anderes tun. Warum soll ich in die weite Welt fahren, wenn ich mit dem, was mir das Leben hier bietet, äußerst zufrieden bin? Daniel möchte am liebsten von einem Kontinent zum nächsten springen, und das mehrmals im Jahr. Vielleicht rennt er vor irgendetwas davon, ist auf der Suche nach einer Offenbarung. Bloß in der Ferne wird er sie nicht finden. Eine Exkursion in sein übertriebenes Ego könnte ihm guttun. Womöglich stößt er dabei mal auf sich selbst und erkennt, was er für ein selbstverliebter Blödmann ist.

Er war nicht immer so. Früher war er mal nett, damals – vor langer Zeit. Wir haben für eine

Modekette gearbeitet, waren Kollegen, besser gesagt, Auszubildende. Während ich nach der Lehre ging, um Kunst an der Universität zu studieren, blieb er im Unternehmen und arbeitete sich bis in die Geschäftsleitung empor. Wir kauften uns ein Haus und genossen das bessere Leben. Bald darauf heirateten wir und zogen in ein noch größeres Haus. Zwar wusste ich nicht, wozu das nötig war, immerhin waren hundertfünfzig Quadratmeter mehr als genug, aber Daniel war der Meinung, ein „Schloss" würde was hermachen und Geschäftsfreunde wären imponiert. Da er seine Firma repräsentiert, braucht er eben die zweihundertfünfzig Quadratmeter. Dass wir unseren Palast nur zu zweit bewohnen, zählt nicht. Den kann ja eine Putzfrau in Schuss halten und den Garten ein Gärtner.

Logisch, dass ich darauf nicht von allein gekommen bin. Bin halt dumm wie Bohnenstroh. Keine Ahnung, wie oft mir Daniel das Gefühl gibt, ein gehirnloser Torfkopf zu sein – oft genug, dass ich es selbst glaube.

Ich stehe vorm Spiegel und pudere meine Nase. Dabei starre ich in mein Gesicht und frage mich, ob ich noch attraktiv bin. Seit zwanzig Jahren sind Daniel und ich ein Paar. Ein Kompliment habe ich nie bekommen. Gerne jedoch werde ich mit wachsender Begeisterung von ihm kritisiert. Ich kann es ihm eigentlich nie recht machen, es sei denn, ich schlafe. Da bin ich leise wie eine Feder im Wind und widerspreche nicht. Wehe ich vertrete mal eine andere Meinung als er, dann haben wir sofort wieder eine Diskussion, die sich bis in den späten Abend ausdehnen kann. Grrr, ich hasse dieses Gerede um Nichts! Dabei gibt es so viel Schönes, das man gemeinsam genießen könnte. Aber nein, mein lieber Daniel versteift sich auf unproduktive Wortwechsel, die einem unnötig Energie rauben. Die letzten Jahre frage ich mich immer öfter, was mich eigentlich bei ihm hält. Sein Bankkonto kann es nicht sein. Ich interessiere mich nicht für Geld, es ist mir nicht wichtig. Als wir uns kennenlernten, war er genauso mittellos wie ich. Wir haben unser schlichtes, freies Dasein genossen, sind gern in die Pizzeria nebenan essen gegangen, statt im Sternerestaurant oder haben uns am Kinotag den neuesten Film angesehen. Das Popcorn und die Getränke schleusten wir heimlich mit ein, um die teuren Preise zu boykottieren. Unsere Klamotten haben wir nach Geschmack ausgesucht und nicht nach dem Label. Wie sehr vermisse ich die alte Zeit, in der wir noch „einfach" waren, ein Paar aus der Mittelschicht, vollkommen durchschnittlich. Jetzt werden die Freunde nach dem Portemonnaie ausgesucht und nicht nach Sympathie. Denn mit weniger gut betuchten Menschen kann Daniel nichts mehr anfangen. Die jammern ja ständig darüber, wie teuer alles sei. Doch für Hartmann, Daniel Hartmann, spielt Geld keine Rolle. Er ist der Obermufti der High Society, gehört zur Crème da la Crème, und das will er auch zeigen. Wo käme man denn da hin, wenn man sich für seinen Reichtum entschuldigen müsste?

Ich seufze und lasse die Puderdose in meine Tasche fallen. Herrje, ich will nicht zurück zum Tisch. Ich könnte einfach umfallen und mich vom Personal zum Taxi tragen lassen. Für einen schwachen Kreislauf kann ich ja nichts. Vielleicht sollte ich noch meinen Lippenstift nachziehen, um die Zeit zu überbrücken. Obgleich ich das gerade gemacht habe. Dabei verabscheue ich es, mir Farbe ins Gesicht zu pinseln. Die gehört auf eine Leinwand und nicht auf die Haut. Aber was soll ich sagen, Daniel legt großen Wert auf eine perfekt gestylte Frau von Stand. Dabei bin ich bloß die unvollkommene Frau von nebenan und möchte das auch gern wieder sein. Hätte ich damals gewusst, was mich mit Herrn Hartmann erwartet, wäre mir niemals in den Sinn gekommen, Frau Hartmann zu werden.

„Leonie?", ruft Daniel von draußen und klopft gegen die Tür der Damentoilette. Ich antworte nicht und überlege, so zu tun, als wäre ich längst weg. Plötzlich öffnet er die Pforte und entdeckt mich bei den Waschbecken. War ja klar, dass er die Unverfrorenheit besitzt, hier einzudringen. „Willst du nicht mal langsam zum Tisch zurückkehren? Wir warten alle auf dich. Das Dessert ist schon serviert worden."

„Ja, ich wollte gerade aufbrechen."

„Hast du mal auf die Uhr gesehen? Du bist bereits eine Viertelstunde weg. Was glaubst du wohl, was das für einen Eindruck macht?"

„Schon mal darüber nachgedacht, was dein Auftritt vorhin für einen Eindruck hinterlassen wird?", kontere ich und würde ihn am liebsten anspringen und ihm in seine überhebliche Visage trommeln.

„Irgendwie musste ich dich doch davor bewahren, noch mehr Unfug von dir zu geben", hält er dagegen. „Jetzt komm endlich, die Hühnerbeine warten." Er grinst bei seiner eigenen Bemerkung, die er enorm witzig findet.

„Die Hühnerbeine können warten, die Hartmänner müssen sich erst streiten!", lasse ich verlauten und bewege mich keinen Zentimeter von der Stelle.

„Hast du vor, mich zu blamieren vor meinen Geschäftskunden?", fragt er aggressiv.

„Das schaffst du auch allein."

„Meine Güte, du bist immer so stur. Hier geht es um Millionen und Madame fühlt sich auf den Schlips getreten."

„Ich fühle mich vor allem nicht ernst genommen."

„Reden wir jetzt über deine verletzten Gefühle?", fragt er und lächelt boshaft. „Also lässt du die Mimose raushängen, ausgerechnet an so einem Tag!" Sein schroffes Lächeln verschwindet.

„Prima. Das ist ja wirklich super! Mach nur weiter so und du wirst alles ruinieren!"

Iiiich? Fragend drehe ich mich um. Außer meiner Wenigkeit und Herrn Hartmann ist niemand da. Also wende ich mich ihm wieder zu und zeige mit dem Finger auf mich.

„Meinst du etwa mich?"

„Hallo?", gibt er erhitzt von sich. „Wen denn sonst? Ständig spielst du die Beleidigte, anstatt dir mal klarzumachen, um was es geht!"

„Hier geht es einzig und allein um deine Großspurigkeit, mit der du die Menschen um dich herum niederrennst. Du bemerkst nicht mal, wenn du andere kränkst."

„Ich habe niemanden gekränkt und du bist ja dauernd eingeschnappt."

„Ach so."

„Bewegst du deinen Hintern bitte zurück an den Tisch?"

Unwillig gehe ich an ihm vorbei und trete in den Flur. Ich sehe die Hühnerbeine von Weitem, wie sie sich zuprosten und sich einen Kuss zuwerfen. Könnte Daniel doch nur eine Spur von der Warmherzigkeit besitzen, mit der sich dieses Ehepaar liebt.

2

Am nächsten Morgen bin ich froh, als Daniel zur Arbeit fährt. Endlich allein. Keine Vorwürfe, kein Gezeter. Nur Ruhe und Frieden. Ich genieße die Zeit ohne ihn. Das sollte mir zu denken geben. Andere vermissen ihren Partner, freuen sich darauf, ihn nach Feierabend zu sehen. Ich dagegen bin dankbar für jede freie Minute. Diese Stille im Haus, das angenehme Rauschen der Heizung, das so meditativ auf mich wirkt. Ich finde das Leben toll – solange Daniel nicht in meiner Nähe ist.

Nach dem Frühstück gehe ich in mein Atelier, das unterm Dach des Hauses liegt. Von dort aus habe ich einen prächtigen Blick auf die Gärten der Nachbarn. Wie sehr ich es liebe, hier oben zu sein und den Pinsel über die Leinwand gleiten zu lassen. Jeder Pinselstrich ist für mich höchste Sinneslust. Das Malen macht mich glücklich, gibt mir die nötige Kraft, die ich brauche, um mich gegen Daniel zu behaupten. Ich bin es leid, mich zu streiten, jedes unnötige Wort möchte ich uns ersparen. Deshalb bin ich im Laufe der Jahre zu einer Memme mutiert, denn Widerspruch ist zwecklos. Ist man mit einer Kampfmaschine verheiratet, hisst man eines Tages freiwillig die weiße Fahne, um schließlich Ruhe zu haben. Trotzdem genehmige ich mir hin und wieder eine kleine Revolte. Vor allem, wenn es um das Thema „Verreisen" geht. Manchmal erhebe ich Einspruch und bitte um einen Urlaub in den eigenen vier Wänden.

„Ha!", ruft Daniel dann aus. „Das ist doch kein Urlaub. Ich muss fliegen. Möglichst weit weg. Nur so kann ich mich richtig erholen."

„Wie wäre es mit zwei Reisen im Jahr statt fünf?"

„Kommt nicht infrage. So kann ich nicht richtig abschalten."

„Und wenn wir mal in Deutschland urlauben?"

„Willst du mich verkohlen? Ich muss was von der Welt sehen!"

Ja, und jedem erzählen, wo er überall schon war. Denn Prahlen ist Daniels Hobby: *Hey, ich war in Las Vegas, Mexico, China, Japan, England ... Ich bin ein Held, denn ich kenne die Welt und kann überall mitreden. Ich bin Daniel, der Columbus des 21. Jahrhunderts.*

Wahrscheinlich ist dieses übertriebene Reiseverlangen der Grund, warum ich nicht mehr so gern in ferne Länder aufbreche. Eigentlich dachte ich mal, mir würde das gefallen. Aber vier- bis fünfmal im Jahr ins Ausland ist einfach zu viel. Entspannung finden wir im Urlaub nie, denn Daniel will möglichst viel sehen, rennt von einer

Sehenswürdigkeit zur nächsten. Nur faul am Strand zu liegen, ist nichts für ihn. Da könnte er ja was verpassen. Eigentlich läuft unser gesamtes Leben auf der Überholspur ab, sodass ich mich oft ausgelaugt und verbraucht fühle. Ich sollte mal ein paar Jahrzehnte Pause beantragen, um mich vom Ehestress zu erholen. Bloß wo sollte ich meinen Antrag einreichen? Bis auf Daniel habe ich keinen Chef, weil ich zu Hause arbeite. Meine Malerei wirft nicht viel ab, denn mein großer Durchbruch lässt auf sich warten. Natürlich nimmt mein Mann meine Arbeit nicht ernst, so wie er eigentlich nie etwas ernst nimmt, was ich tue oder sage.

Warum bin ich noch hier?

Diese Frage stelle ich mir immer öfter. Hoffe ich, ihn zu ändern, die alte Zeit eines Tages zurückzuholen? Wäre es so, bin ich eine Traumtänzerin, denn Vergangenes ist vergangen. Menschen lassen sich nicht umformen, und schon gar nicht Daniel. Ich kann ihm keinen Fahrplan in die Hand drücken und sagen: „So, von nun an lenken wir unser Boot in meine Richtung, leben so, wie ich es für uns vorgesehen hab."

So funktioniert das nicht! Denn Daniel lässt sich nichts sagen. Er macht sein Ding. Der Partner muss ihm folgen und nicht umgekehrt!

Das Telefon klingelt. Meine Agentin ruft an. Elli. Na ja, Agentin ist vielleicht ein bisschen hochgestochen. Sie ist meine Freundin und kümmert sich um die Vermarktung meiner Bilder. Bisher war sie damit nicht besonders erfolgreich. Gelegentlich organisiert sie eine Vernissage in einer Kaschemme, aber das führte bisher lediglich zu geringfügigen Verkäufen. Mein Bekanntheitsgrad ist gleich null. Solange ich es nicht schaffe, meine Kunstwerke auf exklusiven Kunst-Events zu präsentieren, sitze ich weiterhin in der zweiten und dritten Reihe, da, wo mich niemand sieht.

„Hey, Leonie", begrüßt sie mich und scheint gut gelaunt zu sein. „Ich habe einen Raum für eine Ausstellung gefunden. Ein ehemaliger Dance-Club im Industriegebiet."

„Oh", sage ich und teile ihre übertriebene Begeisterung nicht. Ein Club im Industriegebiet, eine Gegend, die vollkommen ausgestorben ist, wo sich nicht mal ein Eichhörnchen hin verirrt. Aber ich möchte sie nicht demotivieren und lasse sie meine Dankbarkeit spüren. „Das ist ja toll. Klasse."

„Wenn du willst, können wir uns die Räumlichkeiten nachher mal ansehen. Der Preis, den der Vermieter verlangt, ist human."

„Ach ja?", frage ich und kann mir nicht vorstellen, dass sich die Kosten mit dem Verkauf der Bilder amortisieren werden. Bis jetzt war es fast immer ein Zuschussgeschäft.

„Ja, er verlangt nur 2.500 Euro. Ist das nicht supi?"

Ich pruste und schnappe kurz darauf nach Luft.

„Wirklich, supi", antworte ich und überlege, wie ich Daniel überreden kann, mir den Betrag ohne Zänkerei auszuzahlen. Er glaubt nicht, dass meine Bilder gut genug sind, um jemals Anklang in der Kunstwelt zu finden. Er traut mir nicht zu, eine Mallegende zu werden. Ich selbst weiß natürlich genau, dass ich es eines Tages schaffe! Würde ich das nicht glauben, könnte ich kapitulieren. Doch fürs Aufgeben bin ich nicht geschaffen. Ich bin als Kämpferin geboren worden. Dumm nur, dass ich mit einem Kampfhahn verheiratet bin, der mich um Längen schlägt. Ständig meint er, alles besser zu wissen als ich, deshalb pflügt er jegliche meiner Ideen nieder. Er mischt sich in Dinge ein, von denen er nichts versteht, argumentiert mich solange an die Wand, bis ich nachgebe und mich seinen Ansichten füge. Vermutlich mangelt es mir deshalb an Erfolg. Weil ich mich nicht genügend durchsetze, um meinen eigenen Weg zu gehen.

„Und? Treffen wir uns nachher?", will Elli wissen und bedrängt mich eine Spur zu heftig. Eigentlich wollte ich mich den ganzen Tag mit Malen beschäftigen und mich nicht für eine unproduktive Besichtigung in einer Fabrikhalle verabreden. Da ich Elli aber niemals etwas abschlagen kann, stimme ich zu. „Fein", jubelt sie, „dann hole ich dich um dreizehn Uhr ab."

Als es an der Tür schellt, schrecke ich auf und schaue auf die Uhr. Verflucht, ich habe die Zeit total aus den Augen verloren. Sobald ich male, tauche ich in meine Bilder ein und vergesse die Welt um mich herum. Ich lege den Pinsel beiseite und renne vom Dachgeschoss ins Erdgeschoss, um Elli in meiner weißen mit Farbtropfen besprenkelten Latzhose zu öffnen.

„Elli!", rufe ich aus, als ich ihr die Tür öffne. „Ist es schon so weit?"

„Mannomann, Leonie, der Typ erwartet uns um halb zwei. Wie sollen wir das schaffen, wenn du noch nicht fertig bist?"

„Ich bin fertig. Wir können direkt los."

„So?"

„Ja, wo ist das Problem?"

„Na, dein Aufzug!"

„Ach was, das ist schon in Ordnung. Ich will ja keinen Schönheitswettbewerb gewinnen, sondern bloß einen Raum anmieten."

„Wie du meinst. Aber wir fahren mit deinem Auto. Hab keine Lust auf Farbflecke im Polster."

„Klar, machen wir." Ich greife nach dem Wagenschlüssel und meinen Papieren. „Kann losgehen."

3

Pünktlich um halb zwei erreichen wir die stillgelegte Fabrik. Ein junger Mann im Dreiteiler steigt aus seinem offenen Sportwagen und schlendert langsam auf uns zu, während ich mein Auto peinlich genau auf einer eingezeichneten Parkfläche abstelle, was natürlich nicht nötig gewesen wäre, da sonst kein einziges Fahrzeug hier steht.

„Schau mal, Leonie, was da für ein Sahneschnittchen auf uns zukommt."

„Ich sehe nur einen Lackaffen im Designerfummel."

Elli verdreht die Augen über meine Bemerkung und steigt aus, um ihrem Tortenstück entgegenzulaufen. Ich lasse mir Zeit, denn ich hab's nicht eilig. Sobald ich einen Kerl im Anzug sehe, krieg ich das Würgen. Vermutlich liegt's an Daniel, der tagtäglich in perfekter Montur das Haus verlässt und ich diesen Anblick nicht mehr ertragen kann. Obwohl der Anblick nichts dafür kann, lediglich das aufgeblasene Gehabe meines Ehegatten. Somit sehe ich in jedem Anzugträger einen Snob. Schlimm genug mit einem verheiratet zu sein. Da brauch ich nicht auch noch einem blasierten Hammel auf dem Industriegelände zu begegnen.

Langsam bewege ich mich aus meinem roten Mazda, der in etwa so alt ist wie ich. Ich liebe meine Knutschkugel, weil sie mich niemals im Stich lässt. Natürlich sieht sie nach nichts aus, wirkt wie ein alter Marienkäfer aufgrund ihrer vielen Rostflecke, die ich liebevoll pflege und ausbessere. Aber ich bin Menschen und Gegenständen ein Leben lang treu. Daher tausche ich weder Daniel noch mein Auto aus, auch wenn die Zeit reif wäre.

Elli winkt mir von Weitem zu und fordert mich auf, mich zu ihrem Kuchenstück dazuzugesellen. Ich stecke meine Hände in die Taschen der Latzhose und schlürfe angeödet zu ihr und diesem Aufschneider. Ogottogott, seine Parfümwolke erreicht mich schon aus einhundert Meter Entfernung. Ich rümpfe die Nase und mein Unwille, ihm näherzukommen, wird immer größer. Kann Elli das nicht allein aushandeln? Ich hab eine Allergie gegen Sahneschnittchen. Vor allem wenn sie nach Parfümerie stink … äh, duften. Plötzlich verführt der Geruch meine Nase und setzt sich sanft auf meine Flimmerhärchen. Mein Kopf beugt sich von allein vor und scheint sich flinker als der Rest meines Körpers zu bewegen. Nun kann ich nicht schnell genug bei der Süßspeise ankommen, weil sie meinen Geruchssinn mehr umschmeichelt, als mir lieb ist. Ich bin hypnotisiert.

„Frau Hartmann?", spricht mich der Leckerbissen mit seiner Baritonstimme an und ich warte darauf, dass das Orchester mit einstimmt.

„Äh ja, Herr ...", flöte ich meinen unvollständigen Satz wie eine Nachtigall. Ich wusste gar nicht, dass meine Stimmbänder solche Töne von sich geben können. Als wäre ich geradewegs aus dem Feenreich entsprungen.

„Rosenbaum", stellt sich die Parfümwolke vor und reicht mir die Hand. „Leon Rosenbaum."

„Leon?", schießt es aus Elli heraus. „Wenn das kein gutes Omen ist. Meine Freundin heißt Leonie."

Plaudertasche!

„Ach, wirklich?", fragt Leon Sahneschnitte. „Was für ein charmanter Zufall."

Ich werde rot. Gott, ich will nach Hause! Raus aus dieser haarsträubenden Situation.

„Ja, in der Tat", sage ich ruppig. „Können wir jetzt zum Geschäftlichen kommen?"

„Selbstverständlich", lächelt Herr Rosenbaum und weist uns den Weg. „Bitte schön, dort entlang."

Ich tapse an der Chanelwolke vorbei und nehme einen kräftigen Zug. Eigentlich hasse ich Gerüche jeglicher Art, es sei denn, es handelt sich um Öl- oder Aquarellaromen. Doch dieses würzige Odeur raubt mir beinahe den Verstand. Ich fühle mich wie aufgeputscht.

„Wann benötigen Sie die Räumlichkeiten?", erkundigt er sich, während er sich unserem Schritt anpasst.

„Samstag in vier Wochen", legt Elli fest, als hätte sie längst eine Liste von Gästen im Gepäck, die schon in den Startlöchern stehen. Dabei sind sie und ich bislang die einzigen Teilnehmer dieser unüberlegten Aktion. Immerhin müsste ich erst mal durchzählen, ob meine Bilder überhaupt reichen. Als wir die Halle betreten, zweifle ich daran, dass meine Kunstwerke sie ausfüllen. Um Himmels willen, die ist ja viel zu groß!

„Elli, ich glaube, wir sollten noch mal darüber nachdenken", versuche ich ihren Enthusiasmus zu dämpfen.

Bevor Elli antworten kann, geht Herr Rosenbaum dazwischen.

„Über den Preis lässt sich selbstverständlich reden", kommt er uns bereits entgegen, obwohl ich zu diesem Zeitpunkt gar nicht ans Handeln gedacht habe.

„Ja, Herr Rosenbaum", lässt Elli mich links liegen, als hätte ich sie gerade nicht angesprochen. „Der Preis erscheint mir auch ein wenig zu hoch."

„Bitte machen Sie sich keine Gedanken, wir werden uns schon einig. Konzentrieren Sie sich nur auf Ihre Veranstaltung."

Ich linse zu Leon Rosenbaum und frage mich, wieso er sofort bereit ist, den Preis zu drücken. Ich erwarte eine raffinierte Hinterlist und diese in seinem Gesicht zu erkennen. Stattdessen trifft mich sein sanftmütiger Blick mitten ins Herz. Blaue Augen so wässrig wie mein Mund (läuft mir schon der Sabber am Kinn herunter?) betrachten mich verzückt. Sein Lächeln ist aufrichtig und seine Mimik warmherzig. Ich kann mich nicht erinnern, jemals einen Anzugträger mit ehrlichen Augen gesehen zu haben. Oder ist sein Mienenspiel bloß Tarnung? Steckt auch in ihm eine gewissenlose Bestie, die nur darauf wartet, skrupellose Geschäfte zu betreiben?

„Prima", erwidert Elli, „wir nehmen den Raum."

„Äh…", sage ich und fange eine abwehrende Geste meiner Freundin ein, die in etwa heißen sollte: Halt die Klappe!

„Das freut mich", sagt Herr Rosenbaum und beim Klang seiner Stimme fällt mir das Thema eines neuen Bildes ein: eine Cello-Solistin neben einem Rosenstock. Prompt bin ich begierig, so bald wie möglich mit dem Kunstwerk zu beginnen. Vielleicht könnte ich es bis zur Ausstellung fertig bekommen.

„Sind Sie auch damit einverstanden, Leonie?", fragt mich Leon, die edelmütige Sahneschnitte. Überrascht, von ihm angesprochen zu werden, wo doch Elli über meinen Kopf hinweg bereits alles klargemacht hat, starre ich ihn an und überlege, welche geistreiche Antwort ich geben könnte.

„Nun ja", sage ich und lasse meinen Blick noch mal durch die Halle kreisen. „Ich finde die Räumlichkeiten ein wenig zu groß. Also, sie sind toll, verstehen Sie mich nicht falsch. Aber ich weiß beim besten Willen nicht, ob meine Bilder die Fläche ausfüllen können."

„Sie sind Künstlerin?"

„Oh, ähm ... ja ... also ... na ja."

„Sie ist Malerin", klärt Elli ihn auf. „Auf dem Wege zu Ruhm und Erfolg."

„Bitte, Elli, bleib auf dem Teppich. Du weißt, dass ich Prahlerei nicht ausstehen kann und ich bin alles andere als erfolgreich. Tut mir leid, Herr Rosenbaum, aber meine Freundin neigt zu maßlosen Übertreibungen. Meine Bilder sind gänzlich unbekannt, niemandem ist mein Name ein Begriff."

„Das sollte geändert werden", sagt er und sieht mich an, als hätte er schon die passende Idee.

„Glauben Sie mir, das versuche ich seit Jahren. Doch es gibt genügend gute Künstler, ich bin nur ein unbedeutendes Korn unter vielen."

„Ich kenne einen Galeristen in Hamburg Eppendorf", erklärt Leon Rosenbaum so nebenbei, als wäre es das Normalste der Welt, Galeristen zu kennen. Wenn Sie wollen, spreche ich ihn an. Er könnte sich Ihre Bilder ansehen."

Donnerlittchen, der Kerl erscheint hier mit einer Prahlerkiste in einem Prahleranzug und stellt mein Weltbild auf den Kopf. Er ist nett!

Typen mit Prahlerkisten und Prahleranzügen sind nie nett! Wieso tanzt Leon, das Tortenstück, aus der Reihe? Ich muss meine Ansichten über Anzugträger neu überdenken. Womöglich sind meine Berechnungen falsch und ich habe einen wichtigen Parameter übersehen.

„Das ist wirklich sehr freundlich von Ihnen, Herr Rosenbaum, aber Ihr Angebot kann ich nicht annehmen. Ich möchte nicht, dass Sie sich blamieren vor Ihrem Bekannten, falls meine Bilder dem Standard nicht entsprechen. Das wäre mir unangenehm."

„Waas?", geht Elli dazwischen. „Selbstverständlich nehmen wir das Angebot an!"

„Elli, das entscheide ich allein!"

„Ich bin deine Agentin! Das ist meine Entscheidung!"

„Du bist meine Freundin, die mich unterstützt, wofür ich dir dankbar bin. Doch in dieser Angelegenheit denke ich nun mal anders."

„Frau Hartmann, ich möchte mich natürlich nicht aufdrängen", mischt sich das Tortenstück ein, „aber glauben Sie nicht, dass Ihre Entscheidung auf mangelndem Selbstvertrauen beruht? Sollte meinem Bekannten Ihre Kunst nicht gefallen, habe ich kein Problem damit. Sie jedoch verpassen eine Chance."

Ich starre Leon Rosenbaum an, als wäre er nicht von dieser Welt. Zuspruch bin ich nicht gewohnt. Daniel hält mich klein wie ein Atom und ihm würde nicht im Traum einfallen, mich darin zu bestärken, meine Bilder an den Mann zu bringen.

„Ich weiß nicht", sage ich leise und wechsle den Blick auf meine Füße. Ich hab nicht mal anständige Schuhe an, sondern meine Hausschlappen. Das ist mir bisher gar nicht aufgefallen. Wie peinlich! Leon, die Süßspeise, scheint sich daran nicht zu stören. Mein gesamter Aufzug ist eine Katastrophe und er sieht nur die Künstlerin in mir, obwohl er mich überhaupt nicht kennt. „Darüber muss ich erst mal nachdenken", erwidere ich und schaue wieder in sein perfektes Gesicht. Mein lieber Scholli, er ist ein Prachtexemplar und wirkt so natürlich wie ein Berg Heu! Männer seines Kalibers sind in der Regel von Geltungsbedürfnis getrieben, denken bloß an sich selbst und ihre Ziele. Leon Rosenbaum dagegen macht den Anschein, dass er nicht weiß, welche Anziehungskraft er ausstrahlt. Ihm sind die anderen wichtig, auch wenn er ein gutes Geschäft einbüßt.

„Selbstverständlich", sagt er und greift in die Innentasche seines Jacketts. Er zieht eine Visitenkarte hervor und reicht sie mir. „Sollten Sie es sich anders überlegen, freue ich mich über Ihren Anruf."

Ich nicke und starre danach auf die Karte.

„Rosenbaum Immobilien?", frage ich und lasse meinen Blick zu seinen leuchtenden Augen wandern. „Sie sind Immobilienmakler?"

„Ich bin Immobilienhändler", erklärt er mir mit einem sanften Lächeln.

„Gibt es da einen Unterschied?", frage ich irritiert.

„Falls ich Sie dazu überreden kann, erkläre ich es Ihnen gerne bei einem Abendessen", bietet er mir freimütig an.

„Oh, eine gute Idee", meldet sich Elli wieder zu Wort. „Dann könnt ihr in Ruhe über den Preisnachlass verhandeln."

Ich strafe meine Freundin mit einem feindlichen Blick ab. Hat sie vergessen, dass ich einen Ring am Finger trage, und das seit siebzehn Jahren?

„Ihren Vorschlag muss ich leider ablehnen, Herr Rosenbaum. Ich bin verheiratet und nicht an einem Abenteuer interessiert."

„Sie missverstehen mich, Frau Hartmann. Es ist lediglich ein Geschäftsessen, nichts weiter. Also? Kann ich Sie dazu überreden?", gibt er nicht auf. Jetzt sieht er mich an wie ein verbissener Geschäftsmann. Irre ich mich und es geht hier wirklich bloß um ein harmloses Essen? „Ich denke, wir haben eine Menge zu bereden", schlägt er in dieselbe Kerbe. „Den Mietpreis müssen wir noch festlegen und an Ihren Bildern bin ich sehr interessiert. Ich sammle Kunstgegenstände aus aller Welt und eine unbekannte Künstlerin mit Potenzial erweckt meine Aufmerksamkeit."

„Frau Hartmann trifft sich gerne mit Ihnen und wird sich melden", antwortet Elli für mich. Sie schüttelt ihm die Hand. „Wir haben gleich einen Termin, daher sind wir in Eile. Guten Tag, Herr Rosenbaum."

„Ja, Ihnen auch einen guten Tag", erwidert Leon, der schnittige Immobilienhändler, und beobachtet, wie meine Freundin mich von Ort und Stelle wegzieht, ehe ich noch etwas sagen kann.

4

Gleich am nächsten Tag beginne ich mit meinem neuen Werk. Das Foto eines Cellos habe ich mir aus dem Internet ausgedruckt, um beim Malen des Instruments keine Fehler zu machen. Neben mir liegt die Visitenkarte von Leon Rosenbaum und bei jeder Pause, die ich mir gestatte, stiere ich darauf, um meine Inspiration nicht zu verlieren.

Natürlich habe ich ihn noch nicht angerufen. Ich hadere mit mir und bin mir nicht sicher, was ich tun soll. Die Fabrikhalle anzumieten, erscheint mir unvernünftig, da sie viel zu groß ist. Ein Treffen mit Leon wäre ebenso bedenklich, weil er schlichtweg zu attraktiv ist. Männern mit blauen Augen und dunkelblonden Stoppeln auf dem Kopf und im Gesicht sollte man grundsätzlich aus dem Weg gehen. Warum weiß ich nicht, weil mir aber keine bessere Ausrede einfällt, habe ich diese Regel gerade aufgestellt. Ich bin mit Daniel verheiratet, dem Ritter der Kokosnuss, der mich vor zwanzig Jahren auf einem weißen Pferd mitgenommen hat und in diesem Schloss eingesperrt hat. Da ich eine treue Magd bin, kommen Geschäftsessen mit Immobilienprinzen nicht infrage – und seien sie noch so köstlich anzusehen.

Daniel hat mir gestern Abend offeriert, dass er am Wochenende zu einer Geschäftsreise aufbrechen muss. Wohin, weiß ich nicht. Ich hab nicht zugehört, als er es mir gesagt hat. Meine Gedanken schweiften ständig zu Leo, dem Löwen der Immobilienbranche, ab. Ich habe Daniel gegenüber ein schlechtes Gewissen, weil ich so abwesend bin. Darum habe ich ihm von der Fabrikhalle bisher nichts erzählt. Ob er mir das Geld für die Miete zur Verfügung stellen würde, ist nicht klar. Wahrscheinlich wird es ohnehin ein Kampf, auf den ich keine Lust habe. Ein Grund mehr, die Sache abzublasen.

Ich lege den Pinsel beiseite und entscheide mich, meine Arbeit für einen Augenblick zu unterbrechen. Deshalb gehe ich in den Keller des Hauses, um mich um die schmutzige Wäsche zu kümmern. Verträumt sortiere ich Daniels Hemden nach Farbe und Verschmutzungsgrad. Die guten ins Töpfchen, die schlechten ins Kröpfchen. Ich lächle vor mich hin und schnuppere an den Hemden, als könnte ich Leons Chanelgeruch zurückholen. Als ich auf einen aufdringlichen Frauenduft stoße, wird mir schlecht. Opium. Weder Daniel noch ich tragen Parfüm, weil ich neutrale Luft um mich herum liebe. Düfte sind in der Regel störend und nur selten finde ich die Wässerchen anderer Leute angenehm. Ich benutze parfümfreies Waschmittel und meine Kosmetikprodukte sind vollkommen natürlich. Woher also kommt dieser Geruch? Ich schaue mir das Hemd genauer an und finde einen roten Fleck am Kragen: Lippenstift.

„So, so ...", sage ich zu mir selbst und lege das Hemd zu der stark verschmutzten Wäsche. Diese Sache bereitet mir keine Sorgen, denn Daniel ist zwar ein selbstherrlicher Hornochse, aber er ist mir treu. Wie auch immer dieser Fleck zustande gekommen ist, es gibt eine simple Erklärung dafür. Und die will ich gar nicht wissen. Solange ich mir meines Gatten sicher bin, gibt es keinen Grund zur Eifersucht.

Ich stopfe die Dreckwäsche in die Waschmaschine und stelle sie an. Kaum habe ich alles erledigt, läutet mein Handy. Ich stürze ins Erdgeschoss und finde mein Telefon auf dem Küchentresen liegen. Eilig greife ich danach und gehe ran. Elli meldet sich und gibt sich sachlich.

„Hast du Leon angerufen?", fragt sie gleich drauflos.

„Hallo, Elli. Ich wünsche dir auch einen guten Morgen."

„Nun lenk nicht ab."

„Nein, ich habe ihn nicht angerufen."

„Warum nicht?"

„Weil es nicht richtig ist."

„Was ist nicht richtig? Dass du dich seit Jahren von Daniel tyrannisieren lässt oder dir selbst für deinen Erfolg im Wege stehst?", wirft sie mir vor. Autsch! Das hat gesessen! Nur weiter so, Elli, und ich muss mich nach einer neuen Freundin umsehen.

„Hör zu", entgegne ich, „ich weiß, du meinst es gut mit mir, doch es gibt Entscheidungen, die ich nun mal alleine treffen muss. Du solltest das akzeptieren."

„Kann ich aber nicht."

„Dann tut's mir leid."

„Mir auch", sagt sie und legt auf.

Ich glotze mein Handy an und frage mich, was das gerade war. Da ich Elli allerdings gut genug kenne, mache ich mir keine weiteren Gedanken und gehe zur Tagesordnung über.

Gute dreißig Minuten später klingelt es an der Tür. Ich öffne und sehe Elli vor der Schwelle stehen. Sie wartet nicht darauf, hereingebeten zu werden, und tritt ein.

„So, meine Liebe", sagt sie und reibt sich die Hände. „Wir beide machen heute einen Ausflug."

„Das geht nicht, ich habe im Haus eine Menge Arbeit, außerdem möchte ich an meinem neuen Bild weiterarbeiten."

„Mir ist klar, dass du das möchtest", gibt sich Elli allwissend. „Aber da steckt noch eine andere Leonie in dir, die was ganz anderes möchte. Die will endlich ausbrechen aus ihrem Gefängnis, sich betrinken und ihr geordnetes Leben gegen einen chaotischen Abend eintauschen."

„Wie kommst du darauf? Ich bin sehr zufrieden, wie alles ist. So ein Gedanke ist mir nie gekommen."

„Weil du dir keinen Spaß mehr genehmigst!", ruft mir Elli entgegen, als würde ich in zwanzig Metern Entfernung stehen. Dabei befinde ich mich direkt neben ihr. Ich schrecke vor ihr zurück. Meine Freundin erscheint mir etwas wunderlich.

Ich erwidere nichts mehr und denke nach. Könnte an ihren Vorwürfen etwas dran sein? Erlaube ich mir keinen Spaß mehr?

„Schau mal", redet Elli weiter und drängt mich zum Spiegel. „Siehst du die Frau da? Das bist du! Zerzaustes Haar, zerlumpte Klamotten."

„Du bist unfair, das ist meine Arbeitskleidung."

„Die du kaum ablegst, falls du Daniel nicht zu einem Kundenevent begleiten musst. Sogar gestern bist du in diesem Aufzug zur Besichtigung erschienen."

„Das war eine Ausnahme."

„Also schön, ich nehme das so hin. Trotzdem, schau mal genauer in den Spiegel: Da steht eine Frau Ende dreißig. Nicht unattraktiv, aber sie vernachlässigt sich. Ihre langen kastanienbraunen Haare zu einem unmodischen Pferdeschwanz zusammengeklemmt, die unschuldigen braunen Rehäuglein nicht geschminkt. Nein, Leonie liebt das Natürliche. Ich weiß, Farbe gehört auf die Leinwand. Klar, du bist auch ohne Tusche im Gesicht schön …"

„Danke", unterbreche ich sie. „Das hat mir noch nie jemand gesagt."

„… aber … liebe Leonie, du bist seit ein paar Jahren nur die Frau im Turm. Rapunzel lässt ihr Haar nicht mehr hinab und verbringt ihre Erdentage hinter der Staffelei."

„Aber das habe ich mir so ausgesucht."

„Nee, Daniel hat sich sein Leben ausgesucht. Der macht, was er will, und schleppt dich zu Kundenveranstaltungen, zwingt dich, Reisen zu machen, die du nicht brauchst, in ein Haus zu ziehen, das du nicht magst und seinen Haushalt zu schmeißen, obwohl er nie da ist. Also fügt sich die brave Leonie und tanzt nach seiner Pfeife. Die wenige Zeit, die du für dich alleine hast, frönst du deinem Hobby und vergisst, dass da draußen mehr ist. Da warten Menschen auf dich, die du noch nicht kennst, Abenteuer, die von dir erlebt werden wollen und Vergnügen, das du bloß noch beim Malen findest. Duhu hast dir dieses Leben nicht ausgewählt, denn du hast ja Daniel, der alles für dich bestimmt!"

„Und was soll ich deiner Meinung nach tun? Mit dem Malen aufhören? Mich von Daniel trennen?"

„Ich sage nur eines: Mit dem Malen darfst du niemals aufhören. Deine Bilder sind grandios. Was meinst du wohl, warum ich mir seit Jahren für dich die Hacken abrenne. Ich bin von deinem Talent überzeugt."

„Das ist lieb von dir, Elli. Jedoch glaube ich nicht, dass ich eine Partymaus bin. Ich liebe Ruhe. Daher werde ich auf keinen Fall mit dir ausgehen."

„Du liebst Ruhe, das ist in Ordnung. Nur hin und wieder braucht man auch mal genau das Gegenteil, um das Gleichgewicht wieder herzustellen, capito?"

Sie gibt mir einen Klaps auf den Hintern.

„Jetzt spurtest du nach oben, ziehst dir ein paar anständige Klamotten über, steckst einen Haufen Geld ein und gehst mit mir los."

„Wohin?", frage ich unwillig.

„Das wirst du dann schon sehen. Also los!"

5

Elli hetzt mit mir durch die Einkaufsstraße von einem Geschäft ins nächste. Mir tun die Gräten weh von der Lauferei, aber meine Freundin kennt keine Gnade. Sie zieht mich in jeden Laden und stattet mich mit der neuesten Mode aus. Als wir unter der Last der Taschen und Tüten beinahe zusammenbrechen, ist sie zufrieden.

„So", sagt sie, „endlich hast du mal wieder ein paar schöne Klamotten. Wurde auch Zeit."

„Wenn du meinst", erwidere ich und steuere schon auf ein Café zu in der Hoffnung, mich ausruhen zu können. Doch Elli ist mit mir noch nicht fertig.

„Halt!", ruft sie und zieht mich weiter voran. Erst müssen wir zum Friseur!"

„Kommt nicht infrage!", wehre ich mich. „Meine Haare bleiben dran!"

„Dein Haar ist so lang, dass du es nur mit einem Zopf bändigen kannst. Das Gestrüpp kommt ab!"

„Nein!"

„Dann lass dich wenigstens mal von der Friseurin beraten. Du siehst aus wie eine Kammerzofe. Es wird Zeit für eine wildere Frisur. Dauerwelle kommt gerade wieder in Mode."

„Nix da! Ich brauche keine künstlichen Locken, die hab ich selbst. Aber gegen eine Beratung ist nichts einzuwenden."

„Na bitte", triumphiert Elli, als hätte sie die Schlacht gewonnen. Dabei bin ich bloß zum Schein auf sie eingegangen, um sie ruhigzustellen. Nach der Beratung werde ich ins Café gehen, ob sie will oder nicht. Ich hab Hunger!

Ich sitze auf dem Friseurstuhl und die Dame hinter mir wühlt mir durch die Mähne.

„Sie haben wirklich tolles Haar", schwärmt sie. „Ich würde empfehlen, es lediglich ein wenig zu kürzen, damit sie es auch mal offen tragen können."

„Siehste!", gibt Elli ihren Senf dazu. „Mein Reden. Zotteln ab."

„Nein, um Gottes willen!", widerspricht die Haarspezialistin lachend. „Nicht abschneiden. Kürzen."

„Einverstanden", nicke ich der Friseurin zu. „Ich vertraue Ihnen, solange Sie meine Freundin ignorieren."

Die Dame nickt und grinst.

„Ich kann ihr einen Stapel Zeitschriften in die Hand drücken und sie ans andere Ende des Ladens platzieren."

„Gute Idee", bestärke ich sie und griene Elli an. „Husch, husch! Hinfort mit dir."

„Aber ..."

Einige Zeit später ist meine Wolle etwas gekürzt und fällt mir wellig über die Schultern.

„Schauen Sie mal", sagt die Herrscherin über Föhn und Schere, „Ihre Locken kommen nun viel mehr zur Geltung."

„Ja, Sie haben Recht", bestätige ich ihre Aussage. „Das haben Sie gut gemacht, vielen Dank."

„Das macht Ihr Haar von ganz allein", erklärt sie munter und winkt Elli heran.

„Na, was sagen Sie zu der Frisur Ihrer Freundin?"

„Ich bin sehr zufrieden", nickt Elli anerkennend. „Deine Haarpracht hätte ich auch gern."

„Können wir jetzt ins Café gehen oder hast du noch andere Pläne mit mir?", will ich wissen, bevor ich mich erhebe.

„Nur für heute Abend."

Ich rolle mit den Augen.

6

Nach dem Bummel durch die Stadt setzt mich Elli vor unserem Haus ab. Daniel dürfte bereits zu Hause sein, da er aufgrund seiner Dienstreise heute eher Feierabend machen wollte.

„Nicht vergessen", gibt mir Elli mit auf den Weg. „Um halb acht hole ich dich ab."

„Wie sollte ich das vergessen, immerhin sagst du es mir schon zum fünften Mal. Bis nachher."

Ich klappe die Wagentür ihres Twingos zu und winke ihr hinterher, als sie abfährt. Mit meinen Tüten schleppe ich mich zum Eingang. Als ich aufschließen will, kommt mir Daniel zuvor und öffnet von innen.

„Kannst du mir mal verraten, wo du herkommst?", keift er mich an.

„Hallo, mein Schatz, schön dich zu sehen", erwidere ich und gehe mit meinem Ballast an ihm vorbei.

„Du kannst doch nicht einfach das Haus verlassen, solange die Waschmaschine läuft!"

„Oh", sage ich, „die habe ich ganz vergessen."

„Du hast echt Nerven!", schimpft er weiter. „Du hast nichts zu tun, lebst in den Tag hinein und machst dir ein feines Leben. Aber wenn dein Mann dich mal braucht, treibst du dich in der Weltgeschichte herum. Wo warst du überhaupt?"

„Sieht man das nicht?", frage ich grinsend und strecke meine mit Tüten bepackten Arme nach vorne.

„Offenbar findest du es auch noch witzig, unzuverlässig zu sein. Du hast mir versprochen, die Hemden zu bügeln, die ich für die Reise benötige. Dann komme ich nach Hause und finde nur Chaos in der Waschküche vor."

„Jetzt komm mal langsam runter!", gifte ich Daniel nun an. „Du tust ja so, als wäre das die Regel. Deine Scheißhemden liegen täglich frisch gebügelt im Schrank! Den gesamten Haushalt schmeiße ich allein, obwohl du uns eine Putzfrau versprochen hattest. Doch trotz Millionen auf dem Konto ist der Herr zu geizig dafür."

„Das ist ja auch nicht nötig, da du schließlich sonst nichts zu tun hast."

„Ich male!"

„Die Zeit möchte ich auch mal haben, mich täglich mit Belanglosigkeiten zu beschäftigen!"

„So nennst du das also?"

„Ja, verflucht, du bist Hausfrau! Geht das nicht in deinen Schädel rein? Also komme deinen Pflichten nach! Bügle diese verdammten Hemden, damit ich loskann!", schreit mir mein Gatte ins Gesicht.

„Dein gesamter Schrank ist voll mit Hemden. Such dir da ein paar raus", gebe ich im gemäßigten Ton zurück. „Ich denke nicht daran, dir in den Hintern zu kriechen. Du kannst mich mal!"

„Vielleicht sollte ich dein Taschengeld kürzen, um dir die Flausen auszutreiben."

„Und ich sollte in den Streik treten, um dir mal klarzumachen, was ich alles für dich tue. Offenbar weißt du mich seit Langem nicht mehr zu schätzen", gebe ich ihm zu bedenken und stelle die Taschen endlich auf dem Boden ab. Meine Arme sind schon zu Tentakeln angewachsen wegen des Gewichts.

„Ha, was sollte das sein? Deine Qualitäten im Malen? Ein Haus in Schuss zu halten, ist ja wohl kein Problem. Ich gehe den ganzen Tag arbeiten, um uns all das zu ermöglichen. Da kann ich doch erwarten, dass du etwas dazu beiträgst."

„Etwa dein Dienstmädchen zu spielen?", frage ich herausfordernd. „Was tust du denn für mich, außer zu arbeiten? Was du übrigens auch machen würdest, wärst du nicht mit mir verheiratet. Was speziell machst du nur für mich?"

„Bin ich beim Quizduell? Ohne mich könntest du dir das hier gar nicht leisten! Stell dir die Frage mal selbst! Ich ermögliche dir ein Leben in Saus und Braus."

„Habe ich jemals darum gebeten?"

„Jetzt tu nicht so scheinheilig!", redet sich Daniel weiter in Rage. „Glaubst du ernsthaft, du bräuchtest den Luxus nicht? Lass dir eines gesagt sein: Ohne mich kämst du niemals so weit. Du profitierst von *meinem* Erfolg!"

„Den ich dir ermögliche, weil ich dir den Rücken freihalte. Und lass dir das andere gesagt sein: Ich würde viel weiter kommen als du. Aber ich lege keinen Wert darauf, denn Reichtum ist mir nicht wichtig."

„Duuu denkst, weiterzukommen als ich?!!! Mit was denn? Mit Malen? Wie naiv ist das denn! Ab sofort gibt es keinen Cent mehr von mir! Bin gespannt, was du mit deiner Pinselei erreichen willst! Doch glaub ja nicht, dass ich dir deinen Spleen weiter finanziere!"

„Und glaub du nicht, dass ich mir deine Demütigungen weiter gefallen lasse."

„Ach, nun kehrst du wieder das Sensibelchen heraus! Menschenskinder, du bist wirklich anstrengend."

„Ah ja", sage ich und wundere mich über einen schweren Duft, der mich aus Daniels Richtung einfängt. „Hast du Frauenparfüm drauf?"

„Was? Wie kommst du denn jetzt darauf? Nein, verdammt, ich darf meinen Flieger nicht verpassen!"

„Ja, das ist mir bekannt. Warum riechst du nach Opium?"

„Was weiß ich? Weil mich vermutlich meine Assistentin vorhin ungeplant umarmt hat. Ich habe ihr eine Gehaltserhöhung versprochen."

„Und hat sie dich gestern auch ungeplant umarmt?"

„Hä, was willst du von mir? Nun tickst du vollkommen aus."

„Ach so! Ich! Wer tickt denn hier seit gut zehn Minuten grundlos aus? Beantworte mir bitte meine Frage! Hast du ihr gestern schon eine Gehaltserhöhung versprochen?"

Daniel greift sich an die Krawatte, um sie zu lockern. Danach geht er an mir vorbei, um sich in der Küche ein Glas Wasser einzuschenken.

„Das ist mir zu blöd", entgegnet er und nimmt einen kräftigen Schluck. „Muss ich mich auch noch mit Eifersüchteleien deinerseits rumschlagen oder können wir zurück zu meinen Hemden kommen?"

„Ich sagte bereits, in deinem Schrank liegen reichlich frische Hemden. Die anderen muss ich erst mal vom Lippenstift befreien."

„Du spinnst ja!", sagt Daniel und stellt das Glas ab, um an mir vorbeizustoßen. Seine heraufziehende Nervosität kann er nicht vor mir verbergen. Er läuft die Treppen nach oben und verschwindet im Ankleidezimmer. „Dann muss ich halt sehen, wie ich mit den schlechteren Hemden klarkomme. Die passen nämlich nicht so gut wie die anderen."

„Speck doch ab. Dann passen sie wieder."

Während Daniel seinen Koffer packt, schnappe ich mir sein Smartphone, das er in der Küche hat liegen lassen. Eigentlich kontrolliere ich meinen Mann nicht, aber plötzlich habe ich das Gefühl, es wäre nötig. Ich scrolle mich durch sein Adressbuch und stoße auf einen Namen, der mir nicht bekannt vorkommt: Mandy. Also gehe ich in die Whatsappnachrichten und überprüfe, ob es Schriftkontakt mit ihr gegeben hat. Als ich auf die ungelöschten Nachrichten stoße, weicht mir die Farbe aus dem Gesicht. Herr Hartmann schreibt sich schon seit Wochen mit ihr und tauscht ungeniert schlüpfrige Botschaften aus. Wow! Ich bin platt. Das war ja leicht, Daniels Untreue aufzudecken. War er zu unvorsichtig oder ich zu aufmerksam?

Ich lege das Gerät wieder auf den Küchentisch und gehe ins Wohnzimmer. Dort setze ich mich auf die plüschige Couch, die ich nicht ausstehen kann, weil sie einen regelrecht verschluckt, und denke nach.

„Leonie?", fragt mein ehrloser Ehegatte aus dem Ankleidezimmer heraus. „Wo sind meine schwarzen Socken? Hier sind nur noch dunkelgraue!"

Ich antworte nicht, hab auf Durchzug gestellt.

„Leeeoniiiie! Verflucht noch mal, wo treibst du dich rum?"

Nichts. Ich bleibe stumm.

Daniel stürmt aus dem Zimmer und rennt die Treppen herunter. Er sucht mich in der Küche, bevor er mich im Wohnzimmer findet.

„Vielleicht antwortest du mal, wenn ich dich rufe! Willst du, dass ich meinen Flieger verpasse?"

„Nein", sage ich. „Das will ich nicht."
Ich starre auf den Teppich.
„Schön, dann hilf mir bitte beim Packen."
„Frag doch Mandy, ob sie dir hilft", sage ich monoton und ziehe Muster im Teppich mit meinem Fuß.
„Wie kommst du denn auf so was?", fragt er jetzt in gedrosselter Lautstärke. „Mandy ist meine Assistentin. Woher kennst du überhaupt ihren Vornamen?"
„Woher kennst du ihn denn?"
„Na, wir duzen uns. Ist das etwa verboten?"
„Okay. Ihr duzt euch also. Das ist ja bisher mit keiner Assistentin vorgekommen. Warum denn mit ihr?"
Daniel reibt sich durchs Gesicht und tänzelt nervös von einem Fuß auf den anderen.
„Was soll denn diese Fragerei? Kannst du mir das bitte mal verraten?"
Ich lehne mich auf der gefräßigen Couch zurück und befinde mich nur noch mit der Hälfte meines Körpers über dem Meeresspiegel. Mein Po und die Beine werden vom weichen Polster verschlungen und ich sinke tiefer in den Stoff hinein.
„Was soll denn deine obszöne Schreiberei mit Mandy?", frage ich, angeekelt vom Opiumgeruch, der mir schon wieder in die Nasenlöcher kriecht. Er hätte wenigstens heimlich das parfümverseuchte Hemd in der Firma wechseln können. Doch als Mann kommt er auf solche

einfachen Tricks nicht, sondern läuft geradewegs in seine eigene Falle. Ungeschickter kann man nicht fremdgehen. Mir wäre das nicht passiert. Aber ich bin ja auch treu wie ein Pinguin, daher befinde ich mich außerhalb der Wertung.

„Welche Schreiberei?"

Meine Güte, gibt der sich blöd! Als würde das was bringen.

„Eure schamlosen Whatsapps."

Seine Gesichtsfarbe wechselt von Blass auf Granatapfelrot. Auf der Skala von eins bis zehn würde der Farbton von mir eine glatte Zehn bekommen. Ich sollte ein Foto von ihm machen und mir die Farbe nachher anmischen.

„Du spionierst mein Handy aus? Ja, schreckst du denn vor nichts zurück?"

„Hm, über deine letzte Frage solltest du wohl selbst in Ruhe nachdenken, dann reden wir weiter. Nach deiner Reise."

Unter größten Mühen versuche ich, mich an die Oberfläche des Sofas zu kämpfen. Strampelnd hopse ich aus dem Polster heraus und schaffe es aufzustehen. Diese verfluchte Couch landet auf dem Sperrmüll!

Ich stolziere an Herrn Hartmann vorbei und klettere die Stufen hinauf in mein Atelier. Dort angekommen, schließe ich die Tür ab. Nicht, dass Daniel das Gespräch hier oben womöglich fortsetzen möchte. Für heute habe ich genug. Nun will ich nur noch mit Elli auf die Piste.

7

Pünktlich um halb acht holt mich Elli ab. Auf sie ist wenigstens Verlass.

„Wohin geht es denn?", frage ich sie, als wir in ihrem Auto sitzen und losbrausen.

„Ich dachte mir, wir gehen erst mal essen, um uns eine gute Grundlage zu schaffen. Danach wechseln wir in einen Club, den ich neulich mit Karin entdeckt habe. Der DJ dort legt echt 'ne geile Mucke auf. Da können wir kräftig abzappeln."

„Hast du schon was getrunken?", frage ich Elli, da mir diese Art, sich auszudrücken, neu an ihr erscheint.

„Was? Nein. Hab nur einen kleinen Prosecco genascht."

Ich blicke sie vorwurfsvoll an.

„Elli!", rutscht es aus mir heraus, als wäre ich die Mutter Oberin. Sofort komme ich mir blöd vor – wie der Moralapostel vom Dienst. Immerhin will auch ich heute aufdrehen und mich so richtig danebenbenehmen. Mal sehen, ob ich das überhaupt noch kann. Zwanzig Jahre mit Daniel und man ist spröde wie die Borsten eines alten Handfegers. Ich benötige dringend Nachhilfeunterricht im Lustigsein. Wenn ich an die vielen langatmigen Kundenessen und -veranstaltungen denke, an denen ich mich kultiviert und aristokratisch geben musste ... Ich kann quasi gar nicht mehr anders als steif wie ein Tannenzapfen zu sein. Daniel hat aus mir ein Präsentierschaf gemacht. Ich bin sein schmückendes Beiwerk, während er den großen Kuchen für sich allein erbeutet. Schaffe ich es nicht, mich aus seinem Einfluss zu befreien, werde ich niemals mehr die Person sein, die ich bin und früher mal war. Dass er mir untreu geworden ist, macht die Sache für mich leichter, hilft mir dabei, mich von ihm loszureißen. Ich bin wieder da! Juhu!

Nun ja, erst mal muss ich zwanzig Jahre Verkorksung meiner selbst richten. Das ist natürlich in ein paar Stunden nicht zu korrigieren. Immerhin, ich habe gute Vorsätze. Wenn das kein guter Anfang ist!

„Tschuldigung, Elli", sage ich, als ich meine Überlegungen abgeschlossen habe. „Heute werde ich aufdrehen und Spaß mit dir haben. Lenk die Kutsche in den Saloon, damit wir ein paar Cowboys aufreißen können!"

Wir lachen und Elli dreht die Musik lauter. Yeah, was für ein Sound!

Nach dem Abzappeln im Technoclub sind wir mächtig gut drauf und gehen in eine Cocktailbar. Wir betreten den Laden und ich würde am liebsten auf dem Absatz kehrtmachen. Hier ist es mir zu fein. Nach dem Streit mit Daniel habe ich mir vorgenommen, mein Nobeldasein hinter mir zu lassen. Nie wieder Sterneessen, platte Gespräche mit Geschäftsleuten führen oder ein Teil der besseren Gesellschaft sein. Ich will nur noch Teil von etwas ganz Großem sein: Nämlich meinem eigenen Leben! Ein Leben, das ich vernachlässigt habe, weil mich Daniel in seine Förmchen gedrückt hat, um mich nach seinen Vorstellungen zu backen. Ich habe alles geschehen lassen, statt rechtzeitig meine eigenen Bedürfnisse einzufordern. Doch jetzt wird alles anders! Leonie Hartmann wird von nun an so leben, wie es ihr beliebt. Hugh, ich habe gesprochen!

„Elli, ich möchte den Cocktail woanders trinken. Kennst du nicht irgendeine abgeranzte Kneipe?"

„Äh ...! Nee! Wieso?"

„Hier schlürft ja lediglich die Elite ihre Drinks."

„Ja, und?"

„Frau Hartmann?", höre ich eine wohlklingende Stimme hinter mir. Elli legt sofort ihr Charming Face auf und wirft ihre blonden Locken nach hinten. Neugierig drehe ich mich um. Leon Rosenbaum kommt in legerer Kleidung auf uns zu. Er trägt heute eine Jeans und ein weißes Oberhemd, das leicht am Hals geöffnet ist. Sofort fangen meine Beine an zu zittern. Hä, wieso machen die das jetzt?

Ich antworte nicht, erst mal muss ich meine Körperfunktionen unter Kontrolle bringen. Das erfordert meine gesamte Konzentration.

„Leon Rosenbaum!", trällert Elli und geht wie eine Primadonna an mir vorbei, um ihre Sahneschnitte zu begrüßen. Ich stehe da, wie bestellt und nicht abgeholt, festgewachsen wie eine versteinerte Koralle. Immerhin habe ich es schon geschafft, mich umzudrehen.

Leon begrüßt sie höflich, wechselt seinen Blick aber gleich zurück zu mir.

„Schön, dass ich Sie noch mal treffe", sagt er und schenkt mir seine volle Aufmerksamkeit. Er streckt mir seine gepflegte Hand entgegen, die ich gehemmt ergreife. Was ist denn bloß mit mir los? Trotz meines leichten Alkoholpegels bin ich verklemmt wie ein defekter Reißverschluss. Wir schütteln uns die Hände und ich spüre seine gesamte Körperwärme in meiner Handfläche.

„Wie geht es Ihnen?", fragt er mich allen Ernstes. Hat mir Daniel diese schlichte Frage jemals gestellt?

„Gut, denke ich, vielen Dank."

„Ich hatte gehofft, Sie würden mich anrufen und wir könnten über Ihre Bilder reden. Auch wegen des Raumes haben Sie sich offenbar noch nicht entschieden, sehe ich das richtig?"

„Herr Rosenbaum, ich ..."

„Sagen Sie Leon zu mir", bietet er an und führt mich am Oberarm tiefer ins Lokal. Elli trottet uns grinsend hinterher.

„Bitte setzen Sie sich doch mit Ihrer Freundin zu uns an den Tisch. Ich bin mit ein paar Geschäftsleuten hier und habe einen kleinen Loungebereich reserviert."

Geschäftsleute? Bloß nicht!

„Ich weiß nicht, Herr Rosenbaum ..."

„Leon."

„Entschuldigung, Leon, aber wir wollen Ihre Geschäfte nicht stören."

„Das tun Sie ganz und gar nicht."

Wir erreichen den eigens für Leon Rosenbaum und seine Gäste abgetrennten Loungebereich. Er stellt uns den Herren vor und während Elli sich schon im Gespräch mit einem brünetten Burschen im feinen Zwirn befindet, pflanze ich mich auf ein Ledersofa.

„Möchten Sie etwas trinken?", fragt mich Leon und setzt sich neben mich.

„Ja, vielleicht ein Glas Sekt."

„Gern", lächelt er und winkt die Bedienung heran. „Ein Glas Champagner für die Dame bitte."

„Sehr wohl", erwidert die junge Frau mit rosa Schürze und weißer Schleife im Zopf und tippelt davon.

„Sekt hätte mir völlig genügt", mache ich klar und kratze mich nervös am Kinn.

„Sie tragen Ihre Haare heute anders. Offen steht Ihnen gut", bemerkt er und geht nicht auf meine Andeutung ein.

Ich laufe rot an. Dass er unser Geschäftsgespräch mit einem Kompliment beginnt, ist mir unangenehm.

„Danke", sage ich nur und hoffe, bald meinen Champagner zu bekommen. Ich brauche dringend Drogen, sonst überstehe ich das hier nicht.

„Wie sieht es nun aus, Leonie? Möchten Sie nicht doch, dass ich meinen Bekannten wegen Ihrer Bilder anspreche?"

Mein Narkotikum wird mir serviert. Ich hätte gleich eine Flasche verlangen sollen. Kaum habe ich das Glas in der Hand, trinke ich es in einem Zug leer. Wow, das war Rettung in letzter Not!

„Warten Sie, Fräulein!", ruft Leon der Bedienung hinterher. „Bringen Sie uns bitte eine Flasche Champagner."

Elli braucht er nicht zu fragen. Die wurde schon von ihrem Brünetten versorgt und kichert wie ein Schimpanse. Oh Mann, die ist voll in ihrem Element und hat mich restlos aus dem Hirn gestrichen. Würde sie mich ansehen, wüsste sie wahrscheinlich gar nicht mehr, wer ich bin.

„Herr Rosenbaum ..."

„Leon."

„Entschuldigung, Leon, bitte geben Sie nicht so viel Geld für mich aus. Wissen Sie, was der Champagner hier kostet?"

„Ja, das weiß ich, Leonie. Machen Sie sich darum bitte keine Gedanken."

Der Champagner kommt und wird in einem Kühler gebracht. Die weiße Schleife von eben schenkt mir ein frisches Glas ein. Sie stellt es auf dem Tisch ab und die Flasche wieder in den Eisbottich. Dezent zieht sie sich zurück, während mir Leon das Glas reicht. Ich nehme es stumm entgegen und verliere mich in seinen strahlend blauen Augen. Diesmal nippe ich bloß am Getränk und fixiere sein schönes Gesicht.

„Wissen Sie, Herr … Leon, ich denke, ich nehme Ihr Angebot an. Es kann nicht schaden, wenn mal ein Fachmann auf meine Bilder schaut. Aber ich warne Sie, sie sind nur mäßig. Eventuell machen Sie sich bei Ihrem Bekannten lächerlich."

„Ich sagte ja bereits, dass mir das keine schlaflosen Nächte bereiten würde", beruhigt mich Leon. „Außerdem gehe ich davon aus, dass Sie sich selbst unter den Scheffel stellen und in Wahrheit ein großes Talent sind. Viele unentdeckte Künstler trauen sich zu wenig zu."

Ich trinke einen großen Schluck aus meinem Stielglas und winke mit der anderen Hand ab.

„Nein, das muss ich dementieren", erwidere ich. „Zwar traue ich mir eine Menge zu und ich glaube auch, dass meine Bilder nicht schlecht sind, allerdings …"

Leon sieht mich wohlmeinend an. Er hat bemerkt, dass ich keinen blassen Schimmer habe, wie ich meinen Satz beenden soll. Denn er hat Recht. Verfluchter Mist, er hat ja so Recht!

„… Aber Sie trauen sich eben doch zu wenig zu", beendet er meinen Satz mit den gegenteiligen Worten wie er begann.

Ich kippe mir den Rest im Glas in den Mund und lasse das Gesöff die Kehle runtergleiten. Leon schenkt mir nach und schon halte ich das dritte Glas Prickelwasser in den Händen, das sich mir anbietet wie eine Prostituierte. Es will getrunken werden und preist mir seine Blubberblasen kokett an, indem es sie mir auf die Hand sprudeln lässt. Die kühlen Spritzer auf der Haut verführen meine Sinne und ich möchte auch diese Champagnerdosis hastig vernaschen. Ich nehme direkt den nächsten kräftigen Schluck und fühle mich leicht berauscht. Immerhin habe ich mit Elli im Dance-Club bereits ein paar Promille vorgelegt. Wer will sich auch mit Cola an solch einem Abend begnügen?

„Tja, was soll ich sagen?", lalle ich schon ein wenig. „Ich kann Ihnen wohl nicht widersprechen. Auch wenn ich es gerne täte."

„Glauben Sie mir, Leonie, niemand schafft den Durchbruch ohne etwas Zuspruch von außen. Natürlich sollte man von seinem Können überzeugt sein, aber das sind Sie ja. Sonst hätten Sie nicht weitergemacht, hätten vielleicht irgendwann aufgegeben. Doch das haben Sie nicht, nicht wahr?"

„Nein, das habe ich nie …"

Plötzlich wird mir klar, was Leon Rosenbaum mir sagen möchte. Und das trotz des leichten Schleiers, der meine Hirnmasse immer weiter umschließt. Ohne Kampfgeist geht nichts, man muss an seinen Erfolg glauben. Jedoch braucht man auch Menschen, die einem Kraft geben und einen bestärken.

Ich lächle Leon an und genehmige mir noch ein bisschen Schampus.

„Sie könnten einen guten Psychologen abgeben", spaße ich und fange an zu kichern. Der Alkohol verklumpt meine Zellen, somit wird mein Blut nicht mehr zum Gehirn gepumpt. Ich fühle mich gut, aber das Denken fällt mir schwer.

„Danke für das Kompliment", schmunzelt Leon, der Seelendoktor. Ungefragt schenkt er den Champagner nach. Das wievielte Glas ich jetzt trinke, weiß ich nicht mehr.

„Wissen Sie, Leon, wenn man ein Leben lang mit einem Kerl verheiratet ist, der einem das-s-s Gefühl gibt, ein Senfkopf zu s-sein, dann g-laubt man auch irgendwann daran. Oh … Tschuldigung. Ich weiß ja gar nicht mehr, was-s ich hier rede", sage ich mit schwerer Zunge. Meine Güte, seit wann ist das Sprechen so kompliziert? Ich sollte mir einen guten Logopäden suchen. Womöglich ist da noch was zu machen.

„Nein, bitte, reden Sie weiter."

„Um Gottes willen, nein. Was müssen Sie von mir denken?", erwidere ich in fast perfektem Deutsch – ohne jegliche Aussetzer. Na bitte, wenn ich mich konzentriere, klappt's auch mit dem Reden. Ich sollte besser gehen, bevor ich mich maßlos blamiere. Ich leere das Glas und stelle es auf dem Tisch ab.

„Herr Rosi - baum … Le - on … Tschuldigung. Ich werde jetzt gehen. Ich muss gehen. Ich … Was hab ich gerad gesagt? Ach bitte, rufen Sie mir ein Taxi. Das ist das Beste … für mich … für uns beide."

„Ich werde Sie nach Hause fahren, Leonie."

„Neiiin …", protestiere ich, aber Leon macht schon alles klar und verabschiedet sich von seinen Geschäftsfreunden. Niemand hat ein Problem damit, nicht mal Elli. Sie lässt es zu, dass ein fremder Mann beabsichtigt, mich zu verschleppen. Sobald ich wieder klar bin, werde ich ihr ins Gewissen reden. Falls ich mich dann noch daran erinnere.

8

Auf dem Weg zu seinem Auto fängt mich die lauwarme Luft ein, die an diesem Abend zu spüren ist. Herrlich, ich liebe den Sommer! Leider hilft er mir nicht dabei, mich abzukühlen. Da mein Gang etwas torkelig ist, hake ich mich bei Leon unter. Heute ist er duftlos, was mir sehr angenehm ist, bin ja schon genug umnebelt.

„Sie überraschen mich immer wieder", sagt Leon so leise, dass ich es fast nicht gehört hätte.

„Ja, tut mir leid, dass ich Ihren Abend ruiniert habe. Bestimmt sind Ihnen wichtige Geschäfte durch die Lappen gegangen", kann ich fast fehlerfrei sagen. Hat der Alkohol mich bereits über die Hautporen verlassen? Ich stolpere … über nichts … aber ich hätte schören können, dass da was war. Okay, der Sprit wirkt noch in mir. Wäre auch zu schön, fiele ich von nun an nicht mehr unangenehm auf. Leon nimmt mich stärker in den Griff und lässt seinen Arm um meine Schultern gleiten. Mit der anderen Hand hält er mich am Oberarm fest und geht weiter mit mir durch die dunkle Nacht in einer Hamburger Nebenstraße.

„Aber nicht doch", geht er schließlich auf meine Bemerkung ein. „Sie haben meinen Abend nicht ruiniert, Sie haben ihn gerettet."

„So?"

„Glauben Sie etwa, ich hätte Spaß bei einem geschäftlichen Meeting, auch wenn es in lockerer Atmosphäre stattfindet?"

„Nicht?", frage ich verwirrt. Daniel hat immer Spaß bei Geschäftsessen. Immerhin kann er dabei voll aufdrehen und der Held in Schlips und Kragen sein.

„Leonie, würde es Ihnen Freude bereiten, sich mit Menschen zu treffen, die Ihnen persönlich gleichgültig sind?"

„Nein, bestimmt nicht. Und ich weiß, wovon Sie reden, Leo ... Leon."

„Freunde nennen mich ‚Leo'. Tun Sie sich keinen Zwang an."

Ich sage nichts.

„Sie wissen also, was ich meine?"

„Ich denke schon. Mein herzallerliebster Gatte schleppt mich ständig zu solchen Veranstaltungen. Und sind es keine Geschäftsessen, dann Verabredungen mit seinen versnobten Freunden. Ich hasse das so sehr!"

Leon lacht amüsiert. Daniel hätte mich für diese Worte niedergemetzelt, aber sich bestimmt nicht daran erheitert. Hab ich mich mit ihm überhaupt mal vergnügt? Wir lachen wenig zusammen und falls ihm mal zum Lachen ist, dann nur, weil er sich über mich lustig machen kann.

Sein Humor ist recht speziell und geht grundsätzlich auf meine Kosten.

„Ja, mir geht es ähnlich", bestätigt Leon meine Aussage. „Aber das hat ja bald ein Ende."

„Wieso?", frage ich neugierig.

„Weil ich mich zur Ruhe setzen will", antwortet er heiter.

„Sie sind doch so jung? Einen Rentner stelle ich mir anders vor."

Jetzt lacht Leon aus vollem Hals. Ich scheine ein Possenreißer zu sein oder was ist hier so lustig? Kurz darauf erreichen wir seinen Wagen. Diesmal ist das Verdeck seines Sportwagens geschlossen. Gott sei Dank, ich mag nicht in solch einer Prahlerkiste gesehen werden. Er öffnet mir die Tür und lässt mich einsteigen. Bevor er auf dem Fahrersitz Platz nehmen kann, klingelt sein Handy. Bei geöffneter Wagentür führt er im Stehen vorm Auto sein Telefonat und ich habe ganz und gar nicht das Gefühl, dass es geschäftlich ist. Er ist höflich, aber bestimmend, scheint jemanden abwimmeln zu wollen. Eine Frau? Kurze Zeit später beendet er das unerquickliche Gespräch und steigt ein.

„Pardon, da gab es noch etwas zu klären."

„Ihre Freundin?"

Ups, was ist mir denn da rausgerutscht? Moment, ich muss mal eben meinen Kopf in den Straßenasphalt graben. Ich brauche dringend ein einsames Plätzchen für mich und mein verdrehtes Hirnfleisch.

Er startet den Wagen nicht und sieht mich von der Seite an. Kann ich mich bitte von Ort und Stelle wegwünschen. Jeannie, wo bist du? Ich benötige deine Zaubertricks!

„Eher Exfreundin", beantwortet er meine Frage tatsächlich. Bin ich jetzt schon aus dem Schneider? „Nur sie will es nicht akzeptieren, ruft mich weiterhin regelmäßig an."

„Bitte, Leon, es tut mir leid. Ich hatte kein Recht, Sie das zu fragen. Der Alkohol schwimmt noch durch meine Blutbahn und stiftet mich an, dummes Zeug zu reden."

Plötzlich rückt er mir näher und lässt seine Hand unter mein Kinn wandern. Er dreht mein Gesicht in seine Richtung und durchbohrt meine Iris mit seinem Blick.

„Leonie, Sie können mich alles fragen. Ihnen würde ich meine Kontonummer anvertrauen."

„Oh ... Besser nicht."

Er schmunzelt.

„Sie sind eine ehrliche Haut. Das wusste ich vom ersten Augenblick. Menschen wie Ihnen begegnet man selten."

„Ach ja? Das sollten Sie mal meinem Mann sagen. Für den bin ich bloß Massenware." Ich schüttle mit dem Kopf. „Ich plappere Unsinn. Wie so häufig. Vergessen Sie mein Geschwätz. Fahren Sie lieber los, sonst falle ich Ihnen womöglich um den Hals, weil Sie so charmante Sachen sagen."

Hilfe, Leonie! Sagst du noch ein Sterbenswörtchen, nähe ich dir den Mund zu! Sei endlich still und sabble nicht so viel!

„Vielleicht lasse ich es drauf ankommen und fahre noch nicht."

„Ähm ..."

Wieder mal habe ich ihn belustigt, denn er lacht in einem fort. Ich sehe ihn dabei an und bin von seinen Lachfältchen fasziniert. Als er sich beruhigt hat, startet er den Wagen.

„Wohin soll ich Sie fahren?"

Gute Frage. In dieses scheußliche Haus möchte ich nicht mehr. Daniels Geist spukt da herum und foltert mich in jedem Zimmer. Aber ich habe gerade kein anderes Zuhause. Also sage ich Leon meine Adresse, während er sie in sein Navi tippt.

Nach einer halben Stunde erreichen wir mein Gefängnis. Leon parkt den Wagen vor der Auffahrt und schaltet den Motor ab.

„Ein schönes Haus!", sagt er und lehnt sich zu mir rüber, um es besser durch das Fenster der Beifahrerseite betrachten zu können. Dabei spüre ich seinen Atem auf meinem Hals. Ich bekomme Gänsehaut am ganzen Körper. Mein Herz tanzt wild in meiner Brust herum und ich würde am liebsten schreiend davonlaufen, weil ich befürchte, einen großen Fehler zu machen. Leon ist der Falsche! Falls Daniel und ich uns trennen, möchte ich erst mal meine Freiheit genießen. Sollte ich mich später nach einem neuen Mann umsehen, muss er arm sein oder wenigstens ein Durchschnittsverdiener. Leon ist aber nicht arm. Und sicher verzichtet er nicht auf sein Vermögen, nur weil Leonie Hartmann beschlossen hat, ein einfaches Leben zu führen.

„Ich würde eher sagen ‚Goldener Käfig'", kommentiere ich seine Bemerkung.

„Sie scheinen nicht glücklich zu sein, Leonie", stellt er richtig fest und rückt wieder ein wenig von mir ab, um mir besser ins Gesicht zu sehen, soweit das bei der Dunkelheit möglich ist.

Ich weiß nicht, was ich darauf sagen soll. Meine persönlichen Probleme wollte ich eigentlich nicht mit einem fremden Mann erörtern. Erst recht nicht mit einem unverschämt attraktiven.

„Nein, wie kommen Sie darauf?", erwidere ich eine Spur zu schrill und schüttle energisch den Kopf. „Mir geht es gut."

„Es tut nie gut, sich selbst zu belügen", sagt er milde lächelnd. „Ihre Unzufriedenheit drückt sich in jeder Ihrer Gesten aus. Sie können sie nicht verbergen."

„Das wusste ich nicht", sage ich und fühle mich ertappt. Ich spiele mit den Fingern und senke meinen Blick. Ich will nicht, dass jemand mein Unterbewusstsein liest, schon gar nicht Leon Sahneschnitte.

„Falls Sie reden möchten …", bietet er an und lässt seinen Satz unvollendet auf mich wirken.

Ich antworte nicht gleich, überlege noch, welche Konsequenzen solch ein Gespräch für unsere geschäftliche Basis hätte (sollten wir eine Basis haben), doch ich mache mir bewusst, dass er nur ein Fremder ist. Nicht mal Elli habe ich die neuesten Ereignisse erzählt. Sie würde mich sofort bedrängen, eine Entscheidung zu treffen. Ich brauche aber erst mal Bedenkzeit. Will selbst verstehen, was in mir vorgeht, welchen Weg ich zukünftig einschlagen werde. So weit bin ich jedoch noch nicht.

„Ich denke nicht. Trotzdem danke", lehne ich Leons Angebot ab.

Er nickt und drängt sich nicht weiter auf. Ich bin froh über seine Zurückhaltung.

„Sie sollten mir Ihre Telefonnummer geben, damit ich Sie erreichen kann, sobald ich mit meinem Bekannten wegen Ihrer Bilder gesprochen habe", wechselt er das Thema und holt mich in die Gegenwart zurück.

„Oh, ich weiß nicht …", erwidere ich zugeknöpft. „Ich hab doch *Ihre* Nummer."

„Leonie, wir wissen beide, dass Sie morgen wieder anders denken könnten, weil Sie der Mut verlassen hat. Vertrauen Sie mir bitte."

Ich wende meinen Blick von meinen Fingern zu seinem Gesicht, das ich kaum sehen kann, bloß die Konturen, die selbst bei dieser Finsternis schön aussehen.

„Also gut", sage ich, „geben Sie mir Ihr Handy. Ich tippe Ihnen die Nummer ins Adressbuch."

Er macht, um was ich ihn gebeten habe. Das wundert mich. Daniel tut selten das, was ich möchte.

Ich tippe auf dem fremden Display herum, bis ich fündig werde, und gebe die Zahlen meiner Mobilnummer ein. Als ich fertig bin, gebe ich das Smartphone zurück.

„Wann werden Sie mit Ihrem Bekannten sprechen?"

„So bald wie möglich", antwortet Leon, das Zuckerstück.

„Danke", entgegne ich glücklich und öffne die Wagentür. „Ich hoffe, dass Sie es nicht bereuen werden."

„Das werde ich bestimmt nicht", sagt er voller Überzeugung. „Das Einzige, was ich bereuen werde, ist, Sie jetzt gehen zu lassen."

„Oh", gebe ich überrascht von mir und erwidere nichts weiter.

„Schlafen Sie gut, Leonie."

„Sie auch, Leon", sage ich und steige aus. „Danke für alles. Auch für den Champagner", hänge ich noch an und schließe die Tür.

Mit wackeligen Beinen gehe ich zum Haus und öffne die Eingangstür. Erst als ich eingetreten bin, startet Leon den Wagen und fährt davon.

9

Ich bin müde, aber selbst, wenn ich es wollte, ich könnte nicht schlafen. Also gehe ich in mein Atelier und setze mich vor mein unfertiges Werk. Das Cello habe ich schon gemalt. Nun muss ich mit der Spielerin weitermachen, die ich bisher lediglich mit den Konturen auf den Untergrund gebracht habe. Plötzlich schießen mir Farben in den Kopf und Ideen, wie ich das Gemälde gestalten könnte. Ich greife nach meiner Farbpalette und mische die passenden Töne an, die ich sofort auf die Leinwand bringen will. Eine Stunde male ich wie in Trance, bis mich auf einmal mein Handy aus der Arbeit reißt. Es pufft zweimal und kündigt so den Eingang einer SMS an. Sofort denke ich an Leon und greife nach dem Gerät. Wieso ich allerdings an ihn denke und nicht an Elli oder Daniel ist mir ein Rätsel. Es ist tatsächlich eine Nachricht von meinem Immobilienhändler, dessen Gedanken ich wohl empfangen haben werde.

Sind Sie wach?, fragt er in seiner Nachricht und lässt meinen Puls um das Doppelte in die Höhe schießen. Nervös tippe ich meine Antwort.

Ich: *Ja.*
Er: *Was machen Sie?*
Ich: *Malen*
Er: *Kann ich es sehen?*
Ich: *Nein, noch nicht. Muss es erst vollenden.*
Er: *Vielleicht ein kleines unscharfes Foto??? Ich sehe auch nicht so genau hin.*

Ich muss lachen. Daniel will nie meine Bilder sehen. Er betrachtet meine Werke nur aus den Augenwinkeln, falls er mich mal hier oben in meinem Arbeitsraum aufsucht. Ich fühle mich geschmeichelt von Leon – ernst genommen. Fast habe ich Angst, sein Interesse an meiner Kunst könnte gleich wieder abebben, sobald er bloß ein einziges Bild zu Gesicht bekommt. Daher überlege ich ein bisschen herum, ob ich es wagen soll, ihm ein Foto rüberzuschicken.

Er: *Sind Sie noch da?*
Ich: *Ja. Ich bin unsicher.*
Er: *Trauen Sie sich, Leonie. Was haben Sie zu verlieren?*
Ich: *Ihren Respekt.*
Er: *Warum sind Sie nur so ein furchtsames Reh?*
Ich: *Waren Sie sich immer sicher, dass Sie den Immobilienhandel wirklich können?*
Er: *Ich habe ihn gelernt. Haben Sie das Malen gelernt?*
Ich: *Ja, ich habe es studiert.*
Er: *Und wo ist Ihr Problem?*

Ich seufze und schaue auf mein unvollständiges Bild. Obwohl es nicht fertig ist, liebe ich es wie ein Neugeborenes. Warum kann ich nicht zu ihm stehen? Jede Mutter ist stolz auf ihr Kind. Dies ist mein Baby und ja, es sieht jetzt schon umwerfend aus! Sollte es jemandem nicht gefallen, ist es sein Problem und nicht meines. Leon hat Recht, ich habe nichts zu verlieren, solange ich nur von meiner Kunst überzeugt bin. Ich knipse das unfertige Kunstwerk mit meinem Smartphone und sende das Foto an Leon. Ich bin aufgeregt, als ich nicht sofort eine Antwort erhalte. Warum lässt er mich so lange zappeln? Fünf Minuten vergehen und weiterhin bleibt mein Handy stumm. Plötzlich aber läutet es und zeigt einen eingehenden Anruf an. Es ist Leon.

„Hallo?", sage ich, als ich das Gespräch entgegennehme.

„Leonie, verzeihen Sie, dass ich mich nicht sofort gemeldet habe. Ich habe das Foto auf den Computer überspielt, um es mir größer anzusehen. Das Bild ist ein Meisterwerk! Es ist einfach großartig! Mein Gott, Leonie, Sie sind ein Riesentalent! Können Sie das denn nicht selbst erkennen?"

„Finden Sie?", frage ich skeptisch, solche anerkennenden Worte zu hören.

„Zum Teufel noch mal, ich werde gleich morgen früh in der Galerie anrufen! Das kann unmöglich warten. Suchen Sie sich Ihre besten Stücke heraus. Ich melde mich wieder, okay?"

„Okay, vielen Dank, Leon."

„Und nun gehen Sie besser schlafen, ja? Es ist schon so spät."

„Sie aber auch", rate ich ihm.

„Das werde ich, Leonie. Gute Nacht."

Am folgenden Samstagmorgen werde ich um sieben Uhr durch das Läuten meines Handys geweckt. Unter größten Mühen gelingt es mir, meine Augen zu öffnen. Mit kleinen Schlitzen starre ich aufs Display und erkenne Daniels Nummer. Ich lasse mich zurück ins Kissen fallen und stöhne.

„Nein, ich will nicht!", sage ich zu mir selbst.

Aber ich zwinge mich und nehme den Anruf entgegen.

„Ja", sage ich verschlafen und gähne ins Telefon hinein.

„Leonie! Endlich!", ruft er in die Leitung. „Den ganzen Freitagabend habe ich versucht, dich zu erreichen. Auf dem Festnetz und auf dem Handy. Wo warst du nur? Ich hab mir Sorgen gemacht!"

„Ja, tut mir leid", entschuldige ich mich mit schläfriger Stimme. „Bin gestern mit Elli unterwegs gewesen und es ist spät geworden. Mein Handy hatte ich anscheinend nicht gehört."

„Herrgott noch mal, hast du eigentlich eine Ahnung, was in mir vorgegangen ist? Ich dachte schon, du würdest ... Ach, ich weiß auch nicht, was ich gedacht habe! Verfluchter Mist, was ist das hier mit uns, Leonie? Gehen wir uns jetzt aus dem Weg?"

„Nein, das mache ich nicht. Ich hab das Telefon ehrlich nicht gehört", beteuere ich. „Trotzdem ist Abstand im Moment 'ne gute Sache, Daniel. Ich muss erst mal in Ruhe über alles nachdenken."

„Wie meinst du das? Wir trennen uns doch nicht. Das will ich nicht, Leonie."

„Nein?", frage ich verwundert. „Du denkst also, du gehst fremd und alles läuft so weiter wie bisher?"

„Gott, nein, verdammt! Wie soll ich das erklären? Mandy war zufällig da, als ich mich einsam gefühlt habe. Du weißt selbst, wie es manchmal zwischen uns hergeht. Ständig bist du anderer Meinung als ich, hast Hirngespinste im Kopf wegen deiner Malerei. Alles, was mir gefällt, lehnst du ab. Ich brauchte halt mal jemanden, der mich versteht."

„Klar", sage ich und schließe müde meine Augen. „Das leuchtet mir ein." Ich habe keine Energie für eine Diskussion, die wir regelmäßig führen. Diese Vorwürfe habe ich satt.

„Wie bitte?", fragt er ungläubig. „Das ist doch Schwachsinn! Hättest du tatsächlich Verständnis, gäbe es diese Probleme zwischen uns nicht. Dann würdest du dich mir anpassen, meine Interessen mit mir teilen."

„Teilst du denn *meine* Interessen mit mir?", gebe ich ihm zu bedenken.

„Waas? Nein, natürlich nicht. Deine Malerei ist nur ein Zeitvertreib! Du bist Hausfrau und diese Tätigkeit füllt dich nicht aus. Deshalb ist es okay, wenn du ein kleines Hobby hast. Aber bitte, Leonie, deine Tuscherei ist dein Ding und du kannst nicht von mir erwarten, dass ich das Rumpinseln ernst nehme. Es gibt nun wirklich Wichtigeres."

„Zum Beispiel Sachen, die dein Ding sind?"

„Ja! Nein! Gütiger Himmel, was redest du denn da? Ich will lediglich unser Leben besser gestalten. Was ist daran verkehrt?"

„Du zwängst mich in deine Lebensvorstellungen, die nicht meine sind, und erwartest, dass mich das glücklich macht. Mag ja sein, dass du Mandy mit deinem Egotrip begeisterst, ich jedoch möchte nicht so weitermachen."

„Früher hast du mal anders gedacht, Leonie", erinnert mich Daniel an eine bessere Zeit.

„Früher warst du auch „normal", waren wir „normal". Jetzt dreht sich alles nur noch um dein Vermögen, deinen Luxus, den Beruf und deine Interessen, die viel Geld kosten."

„Ja, und? Man entwickelt sich ja auch. Hättest du gewollt, dass ich auf den Erfolg verzichte, damit du dein „normales" Leben weiterführen kannst?"

Ich rolle mit den Augen. Der Mann ist begriffsstutziger als ein Kleinkind.

„Nee, ich hätte mich aber gefreut, wäre dir der Erfolg nicht zu Kopf gestiegen."

„Ich darf doch wohl stolz auf meine Leistung sein."

„Grrr, nun gib dich nicht so verstockt!", sage ich gereizt. Prima, meine Müdigkeit ist wie weggeblasen. Wäre ich bloß nicht ans Telefon gegangen. „Selbstverständlich darf man sich über seinen Erfolg freuen. Allerdings bist du nicht auf dem Teppich geblieben, glaubst, jeder müsste so sein wie du. Jeden anders denkenden oder lebenden verurteilst du. Wer es in deinen Augen nicht geschafft hat, wird von dir nicht für voll genommen. Ich denke nur an die Freunde mit weniger Geld, für die du dich nicht mehr interessierst, deren Freundschaft du heute verschmähst. Sie waren gute Freunde, ehrlich und verlässlich. Aber sie hatten ihren Wert für dich verloren, weil das Menschliche nicht mehr zählte, sondern die Scheine in der Brieftasche."

„Blödsinn!"

„Früher haben wir auch noch anders Urlaub gemacht, sind mal weggeflogen, manchmal auch nicht. Da waren wir ein Paar unter vielen, lebten so wie die meisten. Heute wird nicht mehr gekleckert, sondern geklotzt. Urlaub ist zu einem Prestigeprojekt geworden. Zeigen, was man hat und was man kann. Mit Freude und Genuss hat das nichts mehr zu tun." Im Hintergrund höre ich Stimmen. Weibliche. „Ich sehe schon, Daniel, du hast Besuch. Wir sollten das Gespräch beenden."

„Nein, Leonie, ich möchte nicht auflegen. Das ist nur Mandy, die an die Zimmertür geklopft hat. Wir haben gleich eine Sitzung."

„Mandy?", frage ich genervt.

„Ja, verdammt, sie ist meine Assistentin, schon vergessen?"

„Nein."

„Leonie, hör zu, deine Vorwürfe sind weltfremd. Niemand verzichtet freiwillig auf ein luxuriöses Leben. Denk einfach mal nach, was du da von dir gibst. Wäre schön, wir könnten wieder zusammenfinden. Ich möchte unsere Ehe jedenfalls nicht aufgeben."

„Hast du mir überhaupt zugehört?", frage ich irritiert über seine Bemerkung, mit der er nicht mal ansatzweise darauf eingeht, was ich gerade gesagt habe.

„Natürlich. Ich höre dir immer zu. Schatz, ich muss leider aufhören. Die Sitzung beginnt in fünf Minuten. Bis später."

„Äh … "

Ich höre ein Knacken in der Leitung. Das Gespräch wurde unterbrochen. Einen Augenblick starre ich noch aufs Smartphone, bis ich es kopfschüttelnd aus der Hand lege und aufstehe.

10

Frisch geduscht werfe ich mir mein neues Sommerkleid über, das ich gestern mit Elli gekauft habe, und drehe mich darin vorm Spiegel in alle Richtungen. Das Telefon klingelt und reißt mich aus meinen Wunderlandträumen. Ich renne zum Festanschluss und greife nach dem Hörer.

„Leonie!", singt mir Elli meinen Namen ins Ohr. „Leonie, Leonie, Leonie …"

„Elli, Elli, Elli …", singe ich zurück.

„Leonie, du bist ein böses Mädchen! Treibst dich mit fremden Typen herum. Ach, ich bin so stolz auf dich! Endlich hast du es mal gewagt, einen anderen Mann als Daniel anzusehen. Dass ich dies noch erleben darf! Also, wie war es? Seid ihr zu ihm gefahren? Habt ihr es in seinem Luxusappartement getrieben oder auf seiner Jacht? Ich will Einzelheiten!"

„Weder noch, liebe Elli, ich muss dich enttäuschen. Der fremde Typ hat mich nach Hause gefahren, und das war's!"

„Aber ihr seid heute wieder verabredet. Stimmt's? Enttäusche mich nicht!"

„Das weiß ich noch nicht. Er wollte heute mit dem Galeristen sprechen und sich dann bei mir melden."

„Hey, das ist ja supi! Schön, dass du dich dazu durchgerungen hast, dir von ihm helfen zu lassen."

„Finde ich auch", sage ich ehrlich und muss an Leons Kompliment denken. „Ich glaube, er mag meine Kunst. Gestern Abend wollte er ein Foto von dem neuen Werk haben, an dem ich arbeite. Stell dir vor, er war begeistert."

„Kann ich mir vorstellen, Süße. Du bist ja auch ein Wunderkind", ist Elli sicher. „Ich drücke die Daumen."

„Danke. Und was ist mit dir und dem Brünetten?", frage ich gespannt. „So wie das aussah, habt ihr euch prächtig verstanden."

„Oh ja", antwortet Elli vielsagend.

„Und? Name, Alter, Beruf, Kontostand? Das hast du doch sicher alles bereits erfahren", will ich wissen. Bevor Elli mit einem Kerl ins Bett geht, werden alle Fakten abgecheckt. Leider gerät sie so nie an den richtigen, sondern lediglich an nette Abenteuer für ein paar Tage oder Wochen. Jeder so, wie er mag. Für mich wäre das nichts.

„Sein Name ist Oskar", verrät sie amüsiert.

„Ach herrje!", entfährt es mir. „Der Arme."

„Er braucht dir nicht leid zu tun. Er ist Architekt von Beruf."

„Na dann … Und seht ihr euch wieder oder war das auch nur 'ne Eintagsfliege?"

„Heute lädt er mich ins Haerlin im Hotel Vier Jahreszeiten ein. Da wollte ich schon immer mal ungeniert alles bestellen, was die Karte so hergibt."

Ich fasse mir an den Kopf. Meine Freundin ist das komplette Gegenteil von mir. Sie legt Wert auf das Beste, Teuerste und Klotzigste. Zum Glück ist sie trotz ihrer übertriebenen Luxusmacke ein anständiger Mensch, treu und absolut verlässlich.

„Und meint er es ernst mit dir oder du mit ihm?"

„Woher soll ich das wissen? Hauptsache, wir haben Spaß. Alles Weitere ergibt sich dann."

„Tu mir bitte einen Gefallen, Elli, ja? Lass dich nicht von der Dicke seiner Geldbörse beeindrucken, sondern schau auch mal hinter die Fassade. Machst du das für mich?"

„Wieso? Ist das etwa wichtig?"

Ich muss grienen. Elli ist unverbesserlich.

„Nein. Vergiss es!"

„Na siehste. Wünsch mir viel Spaß!"

„Viel Spaß, Elli."

„Dir auch, du Mauerblümchen."

Kaum habe ich aufgelegt, klingelt mein Handy im Schlafzimmer. Also spurte ich zum Nachbarzimmer und melde mich erhitzt.

„Ja?", hechle ich in den Hörer hinein.

„Guten Morgen, Leonie. Habe ich Sie bei irgendetwas gestört?", fragt mich Leon, mein charmanter Immobilienhändler.

„Nein, haben Sie nicht. Guten Morgen!", antworte ich, freudig erregt, seine Stimme zu hören.

„Ich hoffe, ich rufe nicht zu früh an. Immerhin ist es gestern spät geworden."

„Keine Angst, ich bin schon um sieben Uhr aus dem Bett geklingelt worden. Seitdem kann ich nicht mehr schlafen. Und Sie?"

„Mir geht es ähnlich. Viel geschlafen habe ich auch nicht. Doch aus anderen Gründen."

„Die da wären?"

Oh nein, Leonie, was tust du denn? Wer hat dir erlaubt zu reden? – Na ich. – Dann halte sofort deinen Rand! Heute hast du keine Ausreden für dein unzulängliches Geschnatter. Der Alkohol ist kein Vorwand mehr, hast du verstanden?

Ich verziehe mein Gesicht und haue mir ein paar Mal gegen den Kopf. – Ich bin so doof, ich bin so doof!

„Ach, ich hatte gestern Abend noch Besuch", antwortet er frei von der Leber weg.

„Oh ...", erwidere ich peinlich berührt. „Ich hab mich erneut unmöglich benommen, Leon. Es war aufdringlich von mir, Ihnen diese Frage zu stellen."

„Bitte, Leonie. Weder war Ihre Frage aufdringlich noch habe ich ein Problem damit, ehrlich zu Ihnen zu sein. Das sagte ich Ihnen bereits gestern. Es wäre schön, wenn Sie das verinnerlichen könnten."

Ich setze mich aufs Bett und schnappe nach Luft. So viel Aufrichtigkeit muss ich erst mal verdauen.

„Ich werd's versuchen", sage ich und gehe wieder in den Grübelmodus über. Seine gradlinige Art gefällt mir. Dadurch kommt er mir allerdings näher, als ich es zulassen will. Es gelingt ihm, eine Vertrautheit zu schaffen, die zu diesem Zeitpunkt nicht sein sollte. Unsere Gespräche müssten auf der geschäftlichen Ebene ablaufen. Tun sie aber nicht. Ist das jetzt gut oder schlecht? „Tut mir leid, ich bin so viel Ehrlichkeit nicht gewöhnt."

„Sie scheinen an eine Menge Dinge nicht gewöhnt zu sein, die für mich selbstverständlich sind, Leonie. Das tut *mir* leid. Vielleicht haben wir ja mal die Gelegenheit, darüber zu sprechen. Das würde mich sehr freuen. Aber nun zu dem Grund meines Anrufes: Ich konnte uns einen Termin bei Max von Hoegen machen, dem Galeristen in Eppendorf, und zwar für heute Nachmittag. Wäre Ihnen das recht?"

„Schon heute?", quietsche ich wie ein Meerschweinchen. „Ach du grüne Neune. Ich weiß nicht, ob die Bilder in mein kleines Auto passen. Die meisten male ich ja auf Leinwand."

„Das sollte kein Problem sein. Ich hole Sie ab und wir fahren mit meinem Wagen."

„Aber in Ihre Prahlerkutsche passen die Gemälde erst recht nicht", rutscht es mir heraus. Ich schlage mir mit der flachen Hand gegen die Stirn. Ich Dussel! Ich Dussel! Ich dumme, dämliche, hirnlose Idiotin! „Ähm, sorry, so war das nicht gemeint!"

Leon lacht amüsiert und scheint kein bisschen gekränkt zu sein. Ich atme tief durch.

„Sie haben Recht, Leonie. Das Cabrio ist zu klein. Ich werde mit einem größeren Wagen kommen, damit wir Ihre Werke alle unterbringen können."

„Gut", erwidere ich kleinmütig. „Danke, Leon!"

„Gern, Leonie. Ich hole Sie um vierzehn Uhr ab. Dann bis später."

Nach dem Gespräch laufe ich ins Dachgeschoss und gehe meine Bilder durch. Jetzt könnte ich Elli gut gebrauchen. Sie wüsste am besten, welche Werke ich auswählen sollte. Ich beginne, sie zu sortieren, und stelle die eigenwilligen Motive beiseite. Ich glaube, sie könnten zu gewagt für eine Vorführung sein. Es wäre angebracht, Darstellungen zu nehmen, in denen sich Harmonie und Eleganz ausdrückt. Manchmal spiele ich mit Motiven, verzerre ihre Aussage. Es macht mir Spaß, wenn der Betrachter nicht sofort eine Bedeutung darin erkennt oder sie fehlinterpretiert.

Als ich mit der Auswahl fertig bin, bringe ich die auserkorenen Werke nach unten und stelle sie in den Flur. Aus dem Keller hole ich ein paar Decken, um die Bilder schonend im Auto zu verstauen.

Um zwei Uhr klingelt es am verschlossenen Tor. Ich öffne mit der Fernbedienung und das große elektrische Flügelgatter öffnet sich, damit Leon auf die Auffahrt fahren kann. Mit einem Audi Kombi fährt er direkt vor die Haustür, schaltet den Motor ab und steigt wie ein Zehnkämpfer aus dem Fahrzeug. Ich könnte auch mal wieder ein paar Trainingseinheiten gebrauchen. Leider ist Sport nicht so meins. Eventuell im nächsten Leben.

„Hey", sage ich nur und bewundere seine athletischen Formen in dem engen Oberhemd. Wieso wird Leon mit jedem Treffen makelloser? Das ist ungerecht, denn ich habe das Gefühl, da nicht mithalten zu können.

„Auch hey", entgegnet er schmunzelnd und schließt mich in seine Arme.

Das forsche Vorgehen erschreckt mich, damit habe ich nicht gerechnet. Ich bin steif wie eine ungekochte Makkaroni und lasse die Umarmung geschehen.

„Ich habe die Bilder bereits im Flur gesammelt", fange ich sofort an zu sprechen, um meine Unsicherheit zu überspielen.

Leon hält mich am Arm fest, als ich vorhabe, mich seiner Nähe zu entziehen.

„Wovor haben Sie Angst, Leonie? Das war bloß eine Begrüßung."

„Natürlich, das weiß ich doch", antworte ich und kratze mich am Kinn.

„Schön, dann schauen wir uns jetzt Ihre Bilder an", sagt er mit einem deutlichen Amüsement in der Stimme und gibt mich wieder frei. Ich räuspere mich und erwidere nichts. Es wäre klasse, ich könnte etwas lockerer werden. Stattdessen erreicht mein Versteifungsgrad auf der Richterskala einen kritischen Wert.

Wir gehen ins Haus und stehen zusammen im Flur. Leon betrachtet meine Werke der Reihe nach, lässt sich aber nicht in die Karten schauen. Sein Blick verrät nichts über seine Gedanken, was meine Anspannung anwachsen lässt.

„Sie gefallen Ihnen nicht", stelle ich betrübt fest und wünsche mir im selben Augenblick, alles abblasen zu können. Doch der Termin mit Max von Hoegen steht fest. Wie sieht das aus, wenn ich plötzlich kneife?

Leon beginnt zu lachen.

„Sie sind erstaunlich, Leonie. Wie kommen Sie nur darauf, Sie wären nicht gut? Glauben Sie es mir. Sie sind sehr talentiert. Ihre Bilder sind fantastisch."

„Wirklich?", frage ich und verstumme sogleich wieder.

„Ja, wirklich!", bestätigt mir Leon meine Frage und sieht mich mitleidig an. „Sie sollten mehr an Ihrem Selbstbewusstsein arbeiten."

„Das denke ich auch", gebe ich zu. Mehr Worte kommen mir nicht über die Lippen. So viel Lob ist mir neu, kann ich kaum verkraften.

„Ihnen fehlte wohl bislang die Anerkennung", vermutet Leon richtig.

„Ja, scheint so", verrate ich und bin kurz davor, ihm meine gesamte Lebensgeschichte anzuvertrauen. Lediglich meine wässrig werdenden Augen hindern mich daran, mich fallen zu lassen. Es erfordert eine Menge Selbstbeherrschung, die Tränenflüssigkeit im Auge zu behalten.

„Kann ich Ihr neues Werk sehen?", fragt Leon vorsichtig, aber erwartungsvoll.

„Das kennen Sie doch schon", erinnere ich ihn, gleichwohl mir klar ist, dass er sich gestern Abend mit einem Foto begnügen musste. Sein bettelnder Blick bringt mich zum Grinsen. „Also schön, mir nach!"

Ich gehe die Treppe nach oben. Leon folgt mir stumm und begutachtet durch das Treppenhaus das große Haus. Als wir im Dachgeschoss ankommen, erweitern sich seine Pupillen. Zielsicher geht er zur Staffelei und starrt auf die Leinwand. Er lässt sich Zeit, verinnerlicht jeden Pinselstrich, jeden einzelnen Farbton nimmt er in sich auf, bevor er sich mir zuwendet.

„Würden Sie mir dieses Bild verkaufen, wenn es fertig ist?", fragt er fasziniert. „Ich zahle Ihnen jeden Preis."

„Ich weiß nicht", antworte ich verdutzt. „Über einen Verkauf habe ich noch nicht nachgedacht. Warten Sie lieber erst einmal ab, was Max von Hoegen zu meinen Werken sagt. Vielleicht sieht er ja nicht das Gleiche wie Sie."

„Ach, Leonie ... Ihre Bescheidenheit in allen Ehren. Jedoch ist sie vollkommen fehl am Platz. Geben Sie mir Bescheid, sobald das Bild vollendet ist. Ich möchte es haben – unbedingt."

„Wenn ich Sie nicht davon abbringen kann ... okay, mache ich."

„Nein, das können Sie nicht, Leonie. Es ist, als würden Sie es für mich malen."

Mir schießt die Röte ins Gesicht. Wie hat er das herausgefunden? Sollte er meine Gedanken lesen können, muss ich mir Alufolie um den Kopf wickeln. Soll doch Funkstrahlung abschirmen.

„Nun ja", stammle ich, „ich gebe zu, Sie sind nicht ganz unschuldig am Motiv. Aber mehr möchte ich dazu nicht sagen."

Ich blicke auf meine Füße und wackle mit den Zehen in den Haussandalen. Sollte er mir weitere Informationen abringen, renne ich in den Garten und springe in die Regentonne. Ich brauche eine Abkühlung. Meine heißen Wangen beruhigen sich nur geringfügig.

„Ich wollte Sie nicht in Verlegenheit bringen", lässt er durchblicken. „Dennoch, ich bin froh, dass Sie so ehrlich sind."

Ich nicht. Am liebsten würde ich mich im Schrank verstecken, bis er weg ist. Darum sage ich auch nichts mehr.

„Wir sollten besser losfahren", erinnert er mich an den eigentlichen Grund unseres Treffens. „Max von Hoegen ist ein Pünktlichkeitsfanatiker. Und wir wollen ihn doch an solch einem Tag wie heute nicht verärgern."

Ich quäle mir ein Lächeln hervor und denke an die Alufolie. Falls er noch mehr meiner Gedanken errät, bin ich verloren.

11

Um fünf vor drei schlagen wir in der Galerie auf. Ich staune über die Größe des Raumes, der einer Halle gleicht. Die Objekte, die hier ausgestellt sind, kommen von namenhaften Künstlern und ich zweifle daran, jemals neben einem dieser begabten Maler zu hängen.

Leon kennt sich aus und weiß, wohin er gehen muss. Einen großen Tresen in der Mitte des Raumes lässt er links liegen und winkt der Mitarbeiterin zu.

„Ist Max im Büro?", fragt er die elegant gekleidete Dame in Blau.

„Wie immer!", gibt sie zur Antwort und wirft ihm einen liebreizenden Blick zu.

Ich ertappe mich dabei, ein leichtes Gefühl der Eifersucht zu verspüren. Oh jemine, was geht denn nun ab? Leonie, du bist verheiratet. Auch wenn dein Ehemann ein Knallkopf ist!

Wortlos trotte ich Leon hinterher. Die blaue Dame ignoriere ich. Ich mag sie nicht. Wir treten durch eine Tür am Ende des Raumes und stehen in einem sagenhaft großen Büro mit Blick auf einen grünen Hinterhof, den man durch raumhohe Fenster genießen kann.

„Leo, du alter Immobilienbaron!", ruft ein zu kurz geratener dicker Mann hinter einem riesigen Schreibtisch.

„Max, der Kunstbanause!", gibt Leon zurück und geht auf den Gartenzwerg zu. Sie umarmen sich und klopfen sich auf den Rücken. Ich stehe doof rum und warte darauf, dass die Herren sich wieder einfangen. Endlich werde ich bemerkt und der Wichtel tänzelt auf mich zu.

„Und da haben wir wohl das junge Talent", spricht er mich an und reicht mir das winzige Händchen.

„Hallo, Herr von Hoegen", sage ich. „Ich bin Leonie Hartmann. Ob ich ein Talent bin, wird sich erst noch zeigen."

Der Gnom nimmt seine Brille vom Kopf und setzt sie sich auf die Nase. Durch kleine runde Gläser mustert er mich und nickt danach mit dem Kopf.

„So ein hübsches Mädchen. Sagen Sie Max zu mir, Kindchen. Wir sind hier nicht bei Hofe", kichert er hemmungslos. „Wo haben Sie nur diese braunen Knopfaugen her? Reizend, wirklich reizend."

„Die hab ich von meiner Mutter sowie auch die Haarfarbe. Meine Mum war Italienerin."

„Oh, wie entzückend!", freut sich der Gartenzwerg. „Die Italienerinnen haben Feuer. Ich liebe temperamentvolle Frauen."

„Da muss ich Sie wohl enttäuschen, Max. Das Temperament habe ich eher von meinem Vater geerbt, und der war Grafiker von Beruf, wenn Sie verstehen, was ich meine."

„Dann haben Sie Ihr Talent von ihm mitbekommen. Das ist doch eine gute Mischung, Sie hübsches Ding", schäkert der Waldschrat mit mir.

„Danke", sage ich und freue mich über seine Unkompliziertheit.

„Also, Leo, du hast mir ein Spitzentalent versprochen. Wo sind denn die Meisterwerke zu bestaunen?"

„Sie sind im Wagen. Während ihr euch weiter beschnuppert, bringe ich sie rein", schlägt Leon vor.

„Bitte lass dir Zeit, mein Junge. Deine schöne Freundin und ich haben eine Menge zu besprechen."

Max winkt Leon aus dem Büro, der bereitwillig das Feld räumt.

„Ich bin nicht seine Freundin", kläre ich den Zwerg auf, als wir allein sind.

„Wir sind nur geschäftlich bekannt."

„Kindchen, ich habe Augen im Kopf", sagt er und unterstreicht seine Aussage mit einem Fingerzeig zu seiner Brille. „Und ich sehe zwei Menschen, deren Herzen füreinander schlagen. Leo war jahrelang mit einer Frau zusammen, die bloß einen Goldesel in ihm gesehen hat. Gott allein weiß, warum der Junge sich nicht eher getrennt hat. Zu allem Übel stellt sie ihm nun nach und gibt keine Ruhe. Ich hatte schon Angst, er wird wieder rückfällig. Aber dann rief er heute früh an und erzählte mir von Ihnen – von Ihren Bildern. So aufgeweckt habe ich ihn lange nicht mehr erlebt. Herzchen, ich kenne die Menschen. Und ihr beide funkt auf derselben Frequenz. Das merkt doch ein Blinder."

Ich lächle verlegen und senke meinen Blick. Der Zwerg ist schonungslos direkt.

„Sie müssen sich irren, Max, denn ich bin verheiratet", kläre ich ihn auf und zeige ihm meinen Ehering.

„Papperlapapp, dann leben Sie mit dem falschen Kerl zusammen. Kein Wunder, dass Sie so blass um die Nase sind. Ihre Ehe muss ein Trauerspiel sein. Tun Sie was für sich selbst und trennen Sie sich. Sie sind noch jung. Leben Sie, Kindchen. Lassen Sie sich fallen und kommen Sie mehr aus sich heraus. Sie haben lange genug wie eine Hülsenfrucht gelebt."

„Aber das habe ich gar nicht!", protestiere ich, obwohl Max den Nagel auf den Kopf getroffen hat. Worauf sich seine korrekten Annahmen begründen, ist mir nicht klar. Sieht man mir meinen Kummer im Gesicht an? Bin ich gezeichnet vom Leben?

„Ach, Kindchen, wenn Sie glücklich sein wollen, hören Sie auf, sich selbst etwas vorzumachen. Das ist mein Rat für Sie."

Plötzlich sehe ich Leon an der geöffneten Bürotür. Wie lange steht er da schon?

„Ich störe die Herrschaften nur ungern", sagt er und legt einen fragenden Blick auf. Offenbar hat er einen Teil des Gespräches aufgeschnappt. „Das Festmahl ist angerichtet."

„Wir kommen, mein Junge", erwidert Max fröhlich und führt mich zur Tür.

Als wir vor meinen Bildern stehen, die Leon auf und vor dem Tresen im Foyer aufgebaut hat, betrachtet Max von Hoegen sie stumm und in sich gekehrt. Meine Nervosität wächst mit jeder Minute, die vergeht. Kann er nicht endlich etwas sagen? Sein Schweigen ist reinste Folter. Immer wieder starrt er von einem Werk zum nächsten. Seine Mimik bleibt kontrolliert und nachdenklich. Jetzt nimmt er seine Nickelbrille ab und kratzt sich am Kopf. Kurz darauf blickt er aus dem Schaufenster zur Straße, um gleich danach abermals auf die Bilder zu sehen. Ich sterbe, sollte das so weitergehen.

Auf einmal beginnt der Gartenzwerg aus vollem Halse zu lachen. Er schüttelt sich vor Vergnügen und hält sich seinen runden Bauch. Mir wird klar, was er von meiner Malerei hält. Hat Daniel also Recht behalten. Meine Pinselei ist nichts weiter als ein kleines Hobby, das man nicht ernst nehmen kann. Mir schießt Tränenflüssigkeit in die Augen. Möchte ich mir wenigstens einen Teil meiner Würde erhalten, muss ich hier raus. Keiner soll mitbekommen, dass mir zum Weinen zumute ist. Ich warte nicht auf Max von Hoegens niederschmetterndes Urteil und renne aus der Galerie. Ich höre noch, wie Leon mir hinterherruft, aber reagiere nicht darauf. Auf der Straße fährt ein leeres Taxi vorbei, das ich heranwinke. Der Wagen hält und ich steige ein.

„Wohin soll es gehen?", fragt der Fahrer

Leon stürzt heraus und läuft geradewegs zum Fahrzeug.

„Fahren Sie einfach los!", kann ich noch sagen, bis mir die Stimme versagt und die Tränen sich selbstständig machen.

12

Seit einer Stunde liege ich zusammengekrümmt wie ein Erdnussflip auf dem Bett und starre ins Nichts. Meine Tränen sind vertrocknet, aber mein Selbstwertgefühl hat sich in den Keller verabschiedet. Warum war ich bloß so dumm, auf Leon zu hören, mir einreden zu lassen, ich wäre talentiert? Ich bin eine dumme Hausfrau, die sich eingebildet hat, etwas zu können. Nun weiß ich es wenigstens. Elli braucht sich für mich nicht weiter zu bemühen. Reinste Energieverschwendung. Ich kann getrost den Rest meiner Bilder verbrennen. Sie haben keinen Wert und ab sofort nicht mal mehr einen ideellen.

Mein Handy habe ich auf Stumm geschaltet. Leon versucht ununterbrochen, mich zu erreichen. Ich könnte es nicht ertragen, mit ihm zu sprechen – wahrscheinlich nie mehr. Jetzt möchte ich nur eines: Meine Sachen packen und wegfahren. Irgendwohin, wo mich niemand finden kann. Während ich meine Reisepläne im Liegen schmiede, klingelt das Festnetztelefon. Schwerfällig erhebe ich mich und gehe ran.

„Ja?", hauche ich kraftlos in den Hörer hinein.

„Leonie, bitte legen Sie nicht auf", höre ich Leons Stimme sagen.

„Wie kommen Sie an diese Nummer?", frage ich erschrocken, mit ihm verbunden zu sein. Dabei kann ich mir schon denken, dass er die Auskunft angerufen haben wird. Er kennt meinen Namen und die Adresse. Ist ja nicht schwer, so an die Daten heranzukommen.

„Hören Sie, Leonie, ich stehe vor Ihrem Haus. Bitte lassen Sie mich rein. Wir müssen dringend reden."

„Das kann ich nicht, Leon. Sorry, aber ich möchte allein sein."

„Mein Gott, Leonie, Max von Hoegen ist begeistert von Ihren Bildern! Verstehen Sie doch! Er will sie ausstellen und plant bereits eine Vernissage mit Ihnen und zwei weiteren Künstlern."

„Wie bitte?", frage ich ungläubig. „Aber ..."

„Nun öffnen Sie mir schon, Leonie. Ich stehe direkt vor Ihrer Tür."

Mit dem Hörer am Ohr schleiche ich zum Fenster und sehe Leon vor dem Haus stehen. Ich drücke das Gespräch weg und lege das Telefon beiseite. Mulmig zumute gehe ich nach unten und öffne ihm.

„Darf ich reinkommen?", fragt er zögernd.

„Ja", gebe ich lediglich zur Antwort und gehe ein Stück zurück, damit er eintreten kann.

Er tritt sich die Füße ab und lässt die Tür hinter sich zugleiten. Nun stehen wir zusammen im Flur und sehen uns an. Mir kommt kein Wort über die Lippen. Ich würde mich gern freuen, doch irgendwie ist alles schiefgelaufen. Mein Verhalten war unprofessionell und kindisch.

Ich kratze mich am Kinn, das mache ich immer, wenn ich nicht weiterweiß oder nervös bin. Ein Wunder, dass ich mir an dieser Stelle noch kein Loch ins Fleisch gescheuert habe.

„Tut mir leid", plumpst es plötzlich aus meinem Mund heraus. Offenbar habe ich die Sprache wiedergefunden. „Ich habe Max' Verhalten falsch gedeutet. Ich ..." Das war's! Mehr kriege ich nicht raus, denn meine Stimme versagt mir.

„Leonie", übernimmt Leon nun das Wort, „warum haben Sie bloß so wenig Zutrauen zu sich selbst? Was bringt Sie nur dazu, sich immer wieder geringzuschätzen?"

Ich sage nichts. Das kann ich unmöglich mit Leon erörtern. Schon gar nicht zwischen Tür und Angel.

„Ich möchte Ihnen einen Vorschlag machen", sagt er sanftmütig. „Sie kommen jetzt mit mir, wir gehen einen Happen essen und Sie erzählen mir von Ihren Problemen."

Erstaunt über sein forsches Angebot, halte ich die Luft an. Ich brauche einen Augenblick, bis mich der Drang zu atmen überwältigt.

„Sie wollen, dass ich vor Ihnen mein Leben ausbreite?", frage ich bange.

„Sehen Sie sich doch an, Leonie. Allein die Befürchtung, über sich reden zu müssen, macht Ihnen Angst. Max hat Ihnen Ihre Unsicherheit auch angemerkt und er ist ein begnadeter Menschenkenner. Ich glaube, er hat Ihnen ein paar Ratschläge mit auf den Weg gegeben. Finden Sie nicht auch, Sie sollten ab heute anfangen, sie umzusetzen? Ihnen bietet sich eine Riesenchance. Ergreifen Sie sie und befreien Sie sich von unnötigem Ballast!"

Bei seinem letzten Satz muss ich an Daniel denken, was dazu führt, dass meine Magenwände sich zusammenziehen.

„Und Sie glauben, zu reden könnte mir helfen?", frage ich verbittert. „Zwanzig vermurkste Jahre kann man nicht in einem Gespräch aufarbeiten. Ich muss selbst damit klarkommen, was ich mir angetan habe."

„Wir könnten es versuchen", schlägt er vor.

„Und wohin soll das führen?"

„Ich weiß es nicht, Leonie. Doch Sie werden es nicht herausfinden, wenn Sie es nicht ausprobieren." Er streckt mir seine Hand entgegen. „Lassen Sie uns einfach gehen, okay?"

„Gut", gebe ich zögerlich von mir. „Ich hole mein Handy und Sie verraten mir im Auto, welches Restaurant Sie für unsere kleine Therapiesitzung vorgesehen haben."

Leon schmunzelt und hält mich am Arm fest.

„Vielleicht tut es Ihnen gut, mal eine Weile nicht erreichbar zu sein."

Ich sehe ihn nachdenklich an und muss an das Gespräch von heute Morgen denken, das ich mit Daniel geführt habe. Es hat mich aufgewühlt, so wie fast jeder Disput, den wir miteinander austragen.

„Wenn Sie meinen", erwidere ich und lasse mich von Leon zu seinem Wagen führen.

Unterwegs frage ich mich, wohin die Reise geht. Leon hat das Auto aus der Stadt herausgelenkt und nun befinden wir uns auf der Autobahn Richtung Lübeck. Langsam werde ich unruhig und frage mich, ob er vorhat, mich zu entführen. Zumindest würde dies erklären, warum ich mein Smartphone zurücklassen sollte.

„Wollen Sie einen Imbiss am Strand einnehmen?", frage ich und durchbreche die Stille, die zwischen uns herrscht.

Er lächelt und antwortet nicht, was meinen Stresspegel anheizt.

„Meinen Sie nicht, dass Sie mir verraten sollten, wohin Sie mich verschleppen?"

„Das werde ich, Leonie. Bitte entspannen Sie sich jetzt."

„Sie sprachen davon, einen Happen zu essen. Das hätten wir auch in Hamburg machen können."

„Ja, hätten wir."

Verflixt noch mal, diese Einsilbigkeit ist ja kaum zu ertragen. Falls er mich bestrafen will für mein dummes Verhalten, gelingt ihm das gerade sehr gut.

Ich sage nichts mehr und gebe mich der Situation hin, in der ich ohnehin machtlos bin. Eine

Stunde später kommen wir an der Ostseeküste an. Kurz vor dem Timmendorfer Strand, biegt er ab auf eine Landstraße und fährt weiter, bis wir ein Dorf erreichen. Von dort aus sind es nur noch ein paar hundert Meter und wir kommen an ein Haus im venezianischen Stil. Leon greift nach einer Fernbedienung und öffnet das Gatter. Kurz darauf gleitet auch das Garagentor nach oben. So, nun bin ich fällig! An diesem Ort findet mich kein Mensch. Schreien ist nutzlos, die anderen Häuser sind zu weit entfernt.

„Schönes Restaurant", gebe ich zynisch von mir.

Als der Wagen geparkt ist und der Motor aus, sieht Leon zu mir herüber.

„Hier können wir ungestört reden."

„Ach ja?", frage ich und sehe mich schon mit Handschellen an einen Stuhl gefesselt. „Ist Ihnen eigentlich klar, dass Sie mich gegen meinen Willen hierhergeschafft haben?"

„Kommen Sie", ignoriert er meine Worte. „Ich zeige Ihnen das Haus."

Er steigt aus und drückt die Fahrertür zu. Also entscheide ich mich, das Auto zu verlassen und ihm zu folgen. Wir gehen durch eine Tür, die von der Garage direkt in die Villa führt. Die Tore hinter uns schließen sich selbstständig.

Als wir im Flur stehen und ich durch die Türscheibe ins Wohnzimmer blicke, bin ich angetan von der schönen Einrichtung. Gar nicht prunkvoll, sondern schlicht und natürlich.

„Wow, das gefällt mir", schwärme ich und trete ins Zimmer. „Sie haben einen guten Geschmack."

„Danke", sagt er lediglich und geht in die offene Küche, die mit einer überwältigend großen Kochinsel ausgestattet ist. „Was möchten Sie trinken?", fragt mich Leon und öffnet den monströsen amerikanischen Kühlschrank aus Edelstahl.

„Eine Cola, wenn Sie so etwas haben", antworte ich und glaube nicht, dass er ein schlichtes Limonadengetränk anbieten kann.

„Okay, dann zwei Cola", sagt er und tut somit kund, dass er das Gleiche trinken wird.

„Leben Sie hier?", frage ich und nehme das Glas entgegen, das er mir reicht.

„Nein. Das ist nur ein Ferienhaus."

„Na klar, dumme Frage."

Leon lacht.

„Verraten Sie mir, Leonie, was Sie gerade denken. Ist es in Ihren Augen ein ‚Prahlerhaus'?", fragt er mich zu meinem Erstaunen.

„Nein, ist es nicht", antworte ich ehrlich. „Es ist ein schönes Haus. Bei Ihrem Sportcabrio sieht das jedoch anders aus."

„Den finden Sie protzig", nimmt er mir die Worte aus dem Mund.

„Ja."

„Sie mögen es also nicht, wenn jemand mit seinem Vermögen prahlt."

„Nein, das kann ich nicht leiden."

„Warum wohnen Sie dann in einem pompösen Haus, das äußerst opulent eingerichtet ist? Finden Sie nicht auch, dass sich das widerspricht?"

Ich trinke einen Schluck Cola und stelle fest, dass wir uns schon mitten in Leons unerquicklicher Therapiestunde befinden. Jetzt bin ich seine Gefangene und er weiß, dass ich seiner Ausfragerei nicht entrinnen kann.

„Glauben Sie, ich lebe freiwillig so?"

„Nicht?"

„Nein, ich denke nicht. Na ja. – Ich weiß nicht. Was wollen Sie von mir hören?"

„Na, Ihre Wahrheit. Erklären Sie sie mir."

Ich stelle mein Glas auf einer Anrichte ab und gehe zu den raumhohen Fenstern, von denen man direkt in den Garten blickt.

„Meine Wahrheit ist die, dass ich mich seit Jahren nicht mehr kenne. Ich führe ein Leben, das nicht meins ist und verbiege mich solange, bis von der früheren Leonie nichts mehr übrig ist."

„Und warum tun Sie das?"

„Verflucht noch mal, woher soll ich das wissen?!", verliere ich plötzlich die Contenance. „Hören Sie endlich auf, mir diese Fragen zu stellen! Ich möchte auf der Stelle nach Hause!"

„Bitte, Leonie, beruhigen Sie sich. Wenn Sie darauf bestehen, fahre ich Sie zurück. Sie sollten aber in Ruhe darüber nachdenken, ob Ihr Zuhause Ihnen guttut."

„Ich hasse es!", offenbare ich meine Gefühle. „Ich hasse das Haus, die Möbel, mein Leben und Daniel!"

So nun ist es raus. Verwundbarer kann ich mich nicht machen. Mir rollen die Tränen über die Wange und ich möchte am liebsten tot umfallen. Ich kann mich nicht erinnern, mich jemals so gefühlt zu haben. Leon hat mich zu einem Geständnis getrieben, dessen Kernaussage mich selbst am meisten überrascht.

„Hey", sagt er sanft und kommt zum Fenster, um mich in seine Arme zu schließen. Ich lasse seine Berührungen zu, obgleich sie mir mehr als fremd erscheinen. Daniel ist der einzige Mann, den ich jemals an mich herangelassen habe. Vor ihm gab es keinen anderen.

„Warum tun Sie das, Leon?", will ich von ihm wissen und dränge ihn von mir weg.

„Was meinen Sie?", fragt er betreten, als ich Abstand von ihm nehme.

„Wieso sind wir hier?"

Er atmet tief durch und antwortet nicht sofort. Mit einem Seufzer setzt er sich aufs große Sofa und wischt sich über die Oberschenkel.

„Tja, jetzt bin wohl ich an der Reihe", sagt er mit einem Ernst in der Stimme, der mich aufhorchen lässt. „Sie und ich haben eine Menge gemeinsam, Leonie. Eine unglückliche Beziehung und ein Leben, das einen nicht ausfüllt. Ich denke, Sie wissen, wovon ich spreche."

„Von Ihrer Freundin?"

„Exfreundin."

„Ja, richtig."

„Wir sind getrennt – jetzt. Allerdings habe ich zu viel Zeit vergeudet mit einem Menschen, der mir nicht guttat. Erkennen Sie sich wieder, Leonie?"

Ich sage nichts darauf.

„Und dann begegne ich Ihnen bei der Fabrik. – Herrgott, Leonie, muss ich wirklich deutlicher werden?"

Meine Lippen bleiben verklebt. Er steht auf und kommt zu mir herüber. Diesmal nimmt er mich fester in seine Klauen. Bis eben hätte ich noch fliehen können. Nun ist es zu spät.

„Sie sind einfach umwerfend. Alles an Ihnen ist so ehrlich – jedes Wort aus Ihrem Mund. Jemanden wie Ihnen bin ich nie begegnet. Glauben Sie mir, ich kenne nur Gier und Heuchelei."

„Ich nehme an, Sie spielen auf Ihr Vermögen an", erkenne ich sofort.

„Na bitte", erwidert er. „Ihnen muss ich nichts erklären."

„Leon, ich habe meinen Mann nicht wegen seines Geldes geheiratet. Als wir uns kennenlernten, war er bloß ein Typ."

„Ja, das glaube ich Ihnen", macht er klar. „Und doch verlassen Sie ihn nicht."

Ich will mich aus Leons Einflussbereich lösen, aber er gibt mich nicht frei, hält seine Arme fest um mich geschlossen.

„Wie lange waren Sie mit Ihrer Exfreundin zusammen?", frage ich ihn.

„Sechs Jahre", verrät er und wartet auf die Quintessenz meiner Frage.

„Daniel und ich sind seit zwanzig Jahren ein Paar. Er war der Erste und Einzige und ich kann mir ein Leben ohne ihn gar nicht vorstellen."

„Aber ein Leben mit ihm auch nicht mehr", fügt Leon hinzu und macht deutlich, wie unsinnig meine Worte klingen.

„Ja, so ist es wohl", gebe ich zu.

„Und was hindert Sie nun daran zu gehen?"

Ich schüttle mit dem Kopf und schaue zur Seite. Der Garten ist ein Paradies und ich frage mich gerade, wer ihn pflegt.

„Vermutlich habe ich gehofft, der alte Daniel würde zu mir zurückkommen, der, in den ich mich einst verliebt habe. Doch den gibt es nicht mehr. Der ist verloren zwischen seinen Bankkonten und dem übertriebenen Streben nach Erfolg und Anerkennung. Der neue Daniel hat den alten einfach überschrieben. Die Daten sind gelöscht, futsch, nicht mehr vorhanden."

Leon dreht meinen Kopf zurück, sodass wir uns direkt in die Augen sehen müssen und mich sein dunkelblonder Dreitagebart beinahe aufsticht.

„Ist es nicht viel besser, Leonie, dass Sie darüber geredet haben?"

Ich blicke in sein vollkommenes Gesicht, dessen Anblick ich ewig genießen könnte. Leon ist so anders als Daniel. Nicht nur optisch haben sie nichts gemeinsam. Die Warmherzigkeit, die Leons gesamte Persönlichkeit ausmacht, hat mir bei Daniel immer gefehlt.

„Ja", erkenne ich an. „Besser, aber seltsam."

„Das ist gut", lächelt er. „Ein sehr guter Anfang." Seine Hand streicht mein Haar aus dem Gesicht, das meine linke Wange kitzelte. „Wollen Sie immer noch zurück?", fragt er mich, dabei spürt er genau, dass ich zu diesem Zeitpunkt nicht gehen würde.

„Nein", antworte ich erwartungsgemäß und erkenne in seinem Gesicht einen Ausdruck von Triumph. „Sie haben mir noch nicht erklärt, wo der Unterschied zwischen einem Immobilienmakler und einem Immobilienhändler liegt. Ich denke, wir sollten die Zeit nutzen, um uns dieser Frage zu widmen."

Leon beginnt schallend zu lachen.

„Das ist eine gute Idee."

13

Wir machen einen Spaziergang am Strand und genießen die warmen Temperaturen. Die Sonne steht schon tief am Himmel und kündigt die Abenddämmerung an. Aber noch werden Leon und ich vom orange gefärbten Sonnenlicht liebkost.

Schweigsam gehen wir nebeneinander her. Leon hat meine Hand genommen, hält sie so selbstverständlich fest, als wären wir ein altes Ehepaar. Für mich ist diese Nähe ungewöhnlich, schließlich bin ich nur Daniel an meiner Seite gewöhnt. Doch ich ertappe mich dabei, es schön zu finden. Dabei habe ich nicht vor, mich weiter auf Leon einzulassen. Daniel ist immer noch mein Ehemann und für den Fall einer Trennung, wird mein neues Leben prunk- und protzlos sein. Mit Leon als Partner wäre das aber nicht der Fall. Womöglich müsste ich weiterhin die Hände reicher Geschäftsleute schütteln, deren Machogehabe die Schmerzgrenze durchbricht.

„Du kaufst also Immobilien und möbelst sie kräftig auf, um sie danach wieder gewinnbringend zu verkaufen", setze ich an dem Gespräch an, das wir vorhin geführt haben. Dabei sind wir beim „Du" gelandet, was uns vertrauter werden lässt. „Gehst du weltweit auf Einkaufstour oder begnügst du dich mit deutschen Häusern?"

„Wieso habe ich das Gefühl, du missbilligst, was ich tue?", fragt Leon und bleibt stehen.

„Aber so ist es nicht!", rede ich mir ein.

Er zieht mich an der Hand zu sich heran.

„Was haben dir Menschen getan, die für ihren Erfolg hart arbeiten?"

Ich kräusle meine Stirn und fühle mich falsch verstanden.

„Mache ich den Eindruck, ich hätte keinen Respekt vor der Leistung gut verdienender Leute?"

„Hast du?"

„Ja, sicher! Solange sie ihre Bodenhaftung nicht verlieren."

„Und habe ich meine Bodenhaftung in deinen Augen verloren?"

„Weiß nicht."

Ich senke meinen Blick und spiele mit dem Sand zwischen meinen Zehen.

„Du solltest dir darüber klar werden, bevor es zu spät ist", verlangt er. „Denn ich habe nicht vor, dich gehen zu lassen."

Erschrocken schaue ich wieder auf. Ich sehe kein Lächeln in seinem Gesicht. Es ist ihm ernst, was er da sagt. Dabei gab es zwischen uns noch nicht mal einen Kuss – keine einzige Handlung, die darauf hindeutet, wir könnten zusammen sein. Trotzdem fühlt er sich schon mit mir verbunden. Ich staune.

Er nimmt mein Schweigen hin, schmunzelt sogar und setzt den Spaziergang mit mir fort.

„Hast du Hunger?", fragt er und lenkt von seinem unerwarteten Bekenntnis ab.

„Ja", antworte ich. „Großen."

„Dann sollten wir uns beeilen", erwidert er und zieht mich vom Strand weg zu einem Fünf-Sterne-Hotel, vor dem wir uns gerade befinden. „Dort haben sie eine hervorragende Küche", schwärmt er und zeigt mit dem Finger zum Gebäude.

„Das mag ja sein, Leon. Jedoch bevorzuge ich eine nette Pizzeria", mache ich klar und ziehe ihn zurück.

„Nichts leichter als das", ist er sofort bereit umzudenken. „Da kenne ich was Schönes."

Nun ist er es, der mich wieder vorwärts leitet. Diesmal Richtung Straße. Wir müssen nicht lange warten, bis ein Taxi vorbeifährt, das er heranwinkt. Kaum sind wir eingestiegen und haben auf der Rückbank Platz genommen, nennt er dem Fahrer die Adresse. Als der Wagen losfährt, legt Leon seinen Arm um mich herum. Ich akzeptiere es, kann mich seiner Lockerheit aber nicht anpassen. Er küsst mich aufs Haar und streichelt meine Schulter. Seine Berührungen elektrisieren mich, machen mich ganz konfus. Mir schießen Gedanken durch den Kopf, die zu diesem Zeitpunkt unangebracht sind. Ich stelle mir vor, wie es wäre, seine nackte Haut auf meiner zu spüren. Vor meinem geistigen Auge sehe ich, wie wir uns küssen und uns in einem Meer von Lust verlieren. Mir wird bewusst, dass ich mir niemals erlaubt habe, mir Sex mit einem anderen Mann außer Daniel vorzustellen. Allein die Fantasien rauben mir die Luft. Mir laufen Schweißperlen von der Stirn herunter, weil mich meine animalischen Triebe überwältigen. Seinen Oberkörper so dicht an meinem zu fühlen, macht mich wahnsinnig. Bin ich Leon schon verfallen und will es mir nur nicht eingestehen?

Das Taxi hält vor einem italienischen Restaurant.

„Sieben fünfzig", nuschelt der Fahrer den Betrag.

„Stimmt so", sagt Leon und drückt ihm einen Zehneuroschein in die Hand.

Leon hilft mir beim Aussteigen und führt mich zu dem kleinen Lokal, das von außen kaum ins Auge fällt. Als wir aber eintreten, offenbart sich eine geräumige Taverne, deren Gemütlichkeit zum Verweilen einlädt. Hier gefällt es mir, denn es überkommt mich sofort ein Wohlbehagen. Kerzen stehen auf den Tischen und die mediterrane Einrichtung verbreitet Urlaubsstimmung. Ein Ober kommt auf uns zu und lotst uns zu einem Platz.

„Ist es hier recht?", fragt er, nachdem er uns einen Tisch in einer lauschigen Ecke angeboten hat. Leon sieht mich an und leitet die Frage an mich weiter.

„Ja, vielen Dank", antworte ich für ihn und freue mich darüber, dass er nicht über meinen Kopf hinweg entscheidet. So bin ich es eigentlich von Daniel gewohnt. Leon rückt mir den Stuhl zurecht, als ich mich setze, und nimmt danach mir gegenüber Platz.

„Heute haben wir Dorade im Angebot mit Rosmarinkartoffeln und Brokkoliröschen", teilt uns der Kellner mit.

Leon nickt und bittet um die Karte.

„Ich denke, es ist in deinem Sinne, zuvor die Speisekarte zu studieren. Vielleicht finden wir ein noch günstigeres Essen als das sogenannte Angebot", witzelt er und hat sichtlich Spaß an seinen eigenen Worten.

Ich lächle stumm und überlege, wie seine Aussage einzuordnen ist, als uns schon die Karte gereicht wird. Ich gehe alles durch und entscheide mich schnell für mein Lieblingsgericht.

„Was möchtest du?", fragt Leon.

„Eine Meeresfrüchtepizza", antworte ich und beobachte, wie er das Essen in der Karte sucht.

„Gute Wahl. Ich nehme das Gleiche."

„Eine Pizza?", frage ich zweifelnd.

„Hast du erwartet, ich bestehe auf Tafelspitz?"

„Nein", sage ich lachend. „Vermutlich hätte ich das in einem bayerischen Restaurant erwartet."

„Na bitte, du kennst dich aus", freut er sich und nimmt meine Hand. Doch ehe es vertrauter zwischen uns wird, kommt der Ober an unseren Tisch, um die Bestellung aufzunehmen. Leon lässt mich los und übergibt mir das Wort. Es dauert ein paar Sekunden, bis ich begreife. Daniel hat mich nie gebeten, für ihn zu bestellen. Er hat grundsätzlich alles für uns beide geregelt, ob ich das wollte oder nicht.

„Und was trinken Sie?", möchte der Angestellte wissen, nachdem er unseren Essenswunsch notiert hat.

„Ach ja", erwidere ich. „Ich hätte gern eine Apfelschorle."

„Ich auch", schließt sich Leon an und bringt mich ein weiteres Mal zum Staunen.

„Du hättest dir gerne ein Glas Wein bestellen können", sage ich, als wir wieder allein sind.

„Wie kommst du darauf, dass ich Wein trinken möchte?", wundert sich Leon und ergreift ein weiteres Mal meine Hand, die gerade mit der Kerze spielt.

„Na ja, ich dachte …", wundere ich mich über seine Aussage. „Daniel hat sich immer die Weinkarte geben lassen. Jeder seiner Kunden trinkt Wein und eigentlich trinkt man ihn in der besseren Gesellschaft doch immer."

„Du bist die beste Gesellschaft!", redet er am Thema vorbei und streichelt meine Finger.

Stumm lasse ich mich von seinem warmherzigen Blick einfangen und verliere mich in seinen Augen, die bei diesem Licht türkisfarben erscheinen. Ich könnte mir seine Komplimente ewig anhören. Mach ruhig weiter, ich habe in dieser Angelegenheit eine Menge Nachholbedarf. – Nein, Leonie, du hast nur eines nötig: Ruhe und Frieden! Ein Leben ohne Zwänge und Vorschriften. Zwanzig Jahre der Fremdherrschaft und endlich ergibt sich die Chance auf Flucht. Ergreife sie und stürze dich nicht sofort in die nächste Diktatur. Kein Mann auf der Welt wird dich mehr fremdsteuern! Nie wieder wirst du dich von einem Kerl abhängig machen. Es sei denn, er ist eine Frau oder arm und mittellos, während du das Geld verdienst.

„Einen Penny für deine Gedanken", sagt Leon plötzlich und holt mich aus meiner Grübelei.

„Kannst du dir das leisten?", frage ich belustigt. „Meine Gedanken sind kostbar."

„Jeder Zentimeter an dir ist kostbar und jeden Penny wert."

Ich spüre ein Stechen in der Brust, weil ich mir in Erinnerung rufe, solche Worte niemals von Daniel gehört zu haben. Keine einzige Warmherzigkeit ist ihm in den letzten Jahren über die Lippen gekommen. Ich wechsle den Blick zur Kerze und starre ins gelbe Licht.

„Du bist es nicht gewohnt, nicht wahr?", fragt er und bringt es auf den Punkt.

„Nein", sage ich und entziehe ihm die Hand. Ich fixiere weiterhin die Kerze und wünschte, er wäre nicht auf dieses Thema gekommen. Es schmerzt, darüber nachzudenken, wie viele Entbehrungen ich all die Jahre geduldet habe.

„Was hat er dir bloß angetan?", fragt Leon ungerechterweise. Daniel die Schuld für alles zu geben, wäre zu einfach. Ich habe es zugelassen, ihm das Zepter überlassen und mich gefügt, weil ich diesen Kampf mit ihm satt hatte. Ich hätte mich trennen können, als ich merkte, nicht mehr glücklich zu sein. Stattdessen habe ich weitergemacht, beide haben wir das. Unser Schiff segelte in die Richtung, die Daniel uns vorgab. Er war der Kapitän, ich sein Matrose. Zwei Kapitäne auf einem Schiff? Das funktioniert nicht. Und weil Daniel der charakterlich Stärkere von uns beiden ist, hatte ich das Nachsehen. Aus der einst kompetenten und unbesiegbaren Leonie ist ein Hasenfuß geworden. Und das kann ich nur mir vorwerfen, niemandem sonst!

Die Pizza wird serviert und sieht appetitlich aus. Genau so liebe ich mein Leibgericht.

„Danke", sage ich, als der Kellner uns einen guten Appetit wünscht. Leon hält sich zurück und bleibt still. Er lächelt mich an und überlässt alles mir.

„Dann lassen wir es uns mal schmecken", reibt er sich die Hände und greift nach dem Besteck.

„Ich hoffe, du bedauerst deine Wahl nicht", sage ich besorgt. „Eine Pizza ist kein Filetsteak. Nicht, dass du später böse auf mich bist."

„Gütiger Himmel, Leonie! Da habe ich wohl eine Menge damit zu tun, dir deine Ängste auszutreiben. Dein Ehemann hat ja ganze Arbeit bei dir geleistet. Du bist so furchtsam wie ein gezüchtigtes Kind."

„Bin ich das?", frage ich verstört. „So habe ich das noch nie gesehen. Ich möchte nur nicht, dass es dir nicht schmeckt."

„Das ist ja sehr löblich von dir. Aber hast du schon vergessen, dass ich selbst entschieden habe, die Pizza zu essen? Sollte sie mir also nicht schmecken, ist es ganz allein mein Verschulden, okay? Hör auf, dich für alles verantwortlich zu machen. Du bist nicht der Sündenbock für andere Menschen. Es sind ihre Fehlentscheidungen, nicht deine."

„Tut mir leid", sage ich leise und sehe auf die unangetastete Pizza.

„Was tut dir denn leid, Leonie?", will er wissen. Er schiebt die Teller beiseite, um meine Hände zu ergreifen und sie in seinen verschwinden zu lassen. „Dass du dich jahrelang hast erniedrigen lassen? Denn das ist das Einzige, was dir hier leidtun sollte. Alles andere ist unwichtig. Ob mir die Pizza schmeckt, ist meine Sache. Den Schuh solltest du dir nicht anziehen. Überhaupt musst du wieder lernen, dich anzuerkennen."

Ich nicke und starre auf seine braunen Arme, die mit dunkelblonden Härchen übersät sind. Die Ärmel seines Oberhemdes sind nach oben gekrempelt, sodass ich einen guten Blick auf die Sehnen habe, die sich im Takt seiner Daumen bewegen, die über meine Finger streichen.

Ich entgegne nichts, denn ich kann keinen einzigen klaren Gedanken fassen. Ob es jetzt an den fremden Berührungen liegt oder an Leons ungeschminkten Worten, die in mir nachklingen wie ein unliebsamer Tinnitus.

„Wenn du möchtest, lassen wir uns die Pizza einpacken und essen sie im Haus vorm Fernseher bei einem spannenden Film", schlägt Leon vor und erlöst mich von diesem Thema.

„Gerne", erwidere ich, denn ich könnte in diesem Augenblick keinen Bissen mehr runterbekommen. Unser unangenehmes Gespräch hat mir den Appetit geraubt.

„Gut", sagt er und sieht mich liebevoll an. „Bist du damit einverstanden, wenn ich jetzt die Rechnung bestelle?"

„Natürlich", freue ich mich, dass er mich in seine Entscheidungen mit einbindet. Ich befürchte, Leon hat Recht und es gibt eine Menge an mir zu reparieren. Na, das kann ja heiter werden!

14

Wir sitzen auf der großen Wohnlandschaft in Leons Ferienhaus und verputzen unsere Pizza bei einem Horrorfilm. Keine Ahnung, weshalb wir so etwas gucken. Leons Filmesammlung hat eine Menge zu bieten, aber vor lauter Müdigkeit habe ich einfach auf irgendeinen Film gezeigt. Dass so etwas dabei rauskommt, hätte ich nicht gedacht. Zum Glück bekomme ich von der Handlung nicht viel mit, weil mir mit jeder Minute, die vergeht, die Augen weiter zufallen. Ich lege den Rest meiner Pizza, den ich nicht schaffe, beiseite und lasse meinen Kopf auf Leons Schulter sinken. Er ist bereits fertig mit essen und hat beide Arme frei, mich weiter zu sich heranzuziehen. Ich ergebe mich seiner spontanen Handlung, die uns näher zusammenrücken lässt. Wie ein verknotetes Wollknäuel liegen wir jetzt beisammen, jeder Zentimeter unserer Körper verbindet sich miteinander – soweit ich das beurteilen kann. Denn seine Körperwärme wiegt mich kurz darauf in den Schlaf.

Zwei Stunden später werde ich wach. Der Fernseher ist stumm, die DVD ausgespielt und wieder im Menü stehen geblieben. Auch Leon muss eingeschlafen sein, denn sein Atem ist ruhig und gleichmäßig. Er hat sich wie ein Marshmallow an mich geschmiegt. Ich bewege mich ein Stück, um die Uhr lesen zu können, die hinter uns an der Wand tickt. Dabei wecke ich Leon, der meine Absicht sofort durchblickt.

„Es ist doch egal, wie spät es ist, findest du nicht auch?", murmelt er matt.

„Ich muss nach Hause", gebe ich zu bedenken, wenngleich ich gar nicht weiß, was ich da soll. Der Luxuspalast steht leer, weil sich Daniel ja auf Geschäftsreise befindet.

„Welches Zuhause?", fragt Leon und umwickelt mich fester mit seinen Fangarmen.

Ich antworte nicht. Welche Antwort sollte ich auch geben?

Kann ich es wagen, die Nacht bei Leon zu verbringen? Ich möchte keine Affäre mit einem Mann. Schon gar nicht mit einem reichen. Erst muss ich mein Leben sortieren. Lasse ich diesen Körperkontakt aber länger zu, weiß ich nicht, ob ich mich beherrschen kann.

„Ich lass dich nicht gehen, das habe ich dir schon einmal gesagt", flüstert er mir ins Ohr.

„Dann bin ich dir wohl ausgeliefert", sage ich eine Spur zu ernst. „Immerhin sind wir mit deinem Auto gekommen."

Leons Augen ziehen sich zu Schlitzen zusammen. Er rückt etwas von mir ab und mustert aufmerksam mein Gesicht.

„Nein, das bist du natürlich nicht", klärt er mich auf. „Wenn du darauf bestehst, fahre ich dich. Allerdings wäre es mir lieber, du bleibst bei mir."

„Um mich zu verführen?", frage ich ohne Umschweife. „Das ist doch deine Absicht, oder nicht?"

Leon lässt mich los und setzt sich auf. Sein Entsetzen ist ihm anzusehen. Liege ich etwa falsch?

„Um Himmels willen, Leonie, glaubst du etwa, das ist alles, was ich von dir will? Wäre es so, hätten wir nicht bloß auf der Couch gekuschelt."

„Tschuldigung", gebe ich kleinlaut von mir. „Ich kenne mich nicht aus in diesen Dingen. Daniel ist meine einzige Erfahrung."

Ich begebe mich ebenso in die aufrechte Position und erlaube Leon, mein Gesicht in seine Hände zu nehmen.

„Das weiß ich doch, Leonie. Aber auch du solltest eigentlich verstanden haben, was meine Absichten sind. Ich dachte, ich hätte es klargemacht." Seine Daumen streichen über meine Wangen. „Ich habe ein kleines, gemütliches Gästezimmer. Da kannst du heute Nacht schlafen und ich werde dich nicht in Versuchung führen. Wäre das okay?"

Ich nicke stumm und würde ihn für seine Worte gern umarmen. Nur das könnte er falsch auffassen und mich dazu bringen, etwas zu tun, was ich nicht sollte.

Es donnert und ein Blitz erhellt zur gleichen Zeit den dunklen Garten.

„Das ist das Gewitter, das sie für heute Abend vorausgesagt haben", bemerkt Leon und steht vom Sofa auf, um den Fernseher auszuschalten. „Komm, ich zeige dir dein Zimmer. Du hast ein eigenes Badezimmer und findest darin alles, was du brauchst."

„Gibt es da auch Nachtzeug?"

„Wenn du willst, gebe ich dir ein Shirt von mir."

„Das wäre schön."

Ich folge ihm die Treppe nach oben und schaue mich um. Das Haus nimmt im Obergeschoss gewaltige Ausmaße an, weil die Decke bis ins Dach reicht. Das Gästezimmer dagegen ist genauso wie Leon es beschrieben hat. Klein und gemütlich. Darin werde ich gut schlafen. Er nimmt Bettzeug aus dem Schrank und beginnt, das Kissen zu beziehen. Ich helfe ihm dabei und kümmere mich um die Decke. Schweigend erledigen wir die Arbeit zusammen und sehen uns zwischendurch immer wieder an. Ich kann mich nicht erinnern, mich jemals so wohlgefühlt zu haben. Die Selbstverständlichkeit zwischen uns erscheint mir irreal. Kann es so etwas zwischen Mann und Frau überhaupt geben?

„Möchtest du dir noch ein T-Shirt von mir aussuchen?", fragt er mich, als wir fertig sind.

Ich nicke und begleite ihn in sein Schlafzimmer. Der Raum kommt mir mächtig vor. Das große Bett wirkt unscheinbar und der riesige Schrank kann das Zimmer nicht ausfüllen. Hier könnte man eine ganze Wohnung unterbringen. Leon öffnet eine Schranktür und weist auf seine Sammlung heller Shirts. Ich greife nach einem und frage mich, wer die Klamotten für ihn bügelt. Der Stoff ist glatt wie eine Tischplatte und perfekt zusammengelegt. Männer sind für solch eine filigrane Tätigkeit schlichtweg ungeeignet.

„Es sieht tadellos in deinem Schrank aus", bemerke ich skeptisch.

„Und sicher hast du schon geschlussfolgert, dass ich da Unterstützung bekommen muss", amüsiert sich Leon.

„Eigentlich ja."

„Das lässt sich nur bestätigen. Auch wenn ich dir gern gesagt hätte, ich könnte das allein."

„Also beschäftigst du eine Haushälterin?"

„Richtig."

„Und einen Gärtner?"

„Korrekt. Bin ich jetzt durchgefallen in deinem Ranking?"

„Das muss ich mir noch überlegen", sage ich belustigt.

Leon legt seine Arme um mich und drückt mich an sich heran. Mir stockt der Atem bei so viel Körperkontakt und die Erotik dieser harmlosen Umarmung schlägt in Wellenform auf mich ein. Mir wird heiß und ich befürchte überzukochen.

„Dann lasse ich dich erst gehen, wenn du mit deinen Überlegungen fertig bist", droht er mir vergnügt und bemerkt offenbar gar nicht, was seine Handlungen in mir auslösen.

„Dann werden wir die Nacht in dieser Haltung verbringen müssen, weil ich noch keine Antwort für dich parat habe. Erst muss ich mehr von dir wissen."

„Schade", sagt er trübsinnig. „Ich hatte gehofft, dir wäre längst klar, was ich für ein Mensch bin. Möglicherweise aber hindern dich deine Erfahrungen mit deinem Mann daran, objektiv zu urteilen." Leon lässt mich los und küsst mich aufs Haar. „Schlaf gut, Leonie. Ich hoffe wirklich, du findest eines Tages, wonach du suchst."

Bedrückt nehme ich seine Worte zur Kenntnis und erkenne, dass meine Befangenheit ihn kränkt. Ich kann sie jedoch nicht abstellen, selbst wenn ich mich dazu zwingen wollte. Das Leben mit Daniel hat dazu geführt, dass ich die Dinge zu einseitig beleuchte. Ich bin mir dessen bewusst, doch ich kann meine Vorurteile nicht so einfach auflösen. Dafür brauche ich neue Erfahrungen, die mich davon überzeugen, dass nicht alle gut betuchten Menschen berechnend sind.

„Tut mir leid", sage ich ehrlich und gehe in mein Zimmer. Ich ziehe meine Kleidung aus und schlüpfe in Leons Shirt. Es ist so groß wie ein Kartoffelsack und geht mir fast bis zu den Knien. Draußen beginnt es zu stürmen. Ein starker Regen setzt ein und das Prasseln der Tropfen steigert meine Traurigkeit. Ich gehe ans Fenster und starre in die Dunkelheit. Ein Blitz leuchtet auf und lässt die Felder und Wiesen wie ein furchteinflößendes Kunstwerk erscheinen. Ich fürchte mich nicht vor Gewittern, aber das Krachen, das daraufhin erfolgt, erschaudert mich. Als würde der Himmel mir etwas sagen, mich auf den rechten Weg schubsen wollen. Ich soll endlich zu mir selbst finden und das alte Leben loslassen. Ja, der Himmel weiß, was gut für mich ist. Nur kann ich es ebenso erkennen? Ist Leon gut für mich? Er verhält sich ehrenhaft, lässt niemals den Erfolgsmann raushängen. Aber wer gibt mir die Sicherheit, dass dies nicht bloß eine Fassade ist, die irgendwann zu bröckeln beginnt? Andererseits könnte ich mir ebenfalls mal ein bisschen Spaß gönnen, hat Daniel doch auch gemacht. Von Neuem knallt der Himmel und erleuchtet die Nacht. Ich zucke zusammen. Es fühlt sich wie ein Tadel an, ein Fingerzeig von oben: Leonie, noch bist du verheiratet. Fremdgehen ist nicht gestattet!

Auch nicht, wenn der Ehegatte bereits vorgelegt hat?

Wieder scheppert es von draußen.

Ja, schon klar! Mein Motiv wäre nicht ehrenwert. Mit Leon etwas anzufangen, nur um Daniel eins auszuwischen, wäre nicht fair. Weder dem einen noch dem anderen gegenüber. Außerdem habe ich Leon heute gegenüber hervorgehoben, sittsam bleiben zu wollen. Ein kurzes Abenteuer käme für mich nicht infrage. So ist es eigentlich auch. Trotzdem denke ich an nichts anderes, als zurück in sein Zimmer zu gehen. Meine innere Hitze kriecht in jede meiner Zellen, die der Reihe nach zu glühen beginnen. Liegt es an den sommerlichen Temperaturen oder an meinem Verlangen nach ihm, das ich in jedem Winkel meines Körpers wahrnehme?

Ich höre es rumpeln im Nachbarzimmer. Sofort bin ich neugierig und verlasse meinen Raum, um der Sache nachzugehen. Auf Zehenspitzen schwebe ich über den Teppich, bis ich vor Leons geschlossener Tür stehe. Ich klopfe sachte an und öffne fast im selben Augenblick. Leon scheint mein Anklopfen nicht gehört zu haben und steht mit blankem Oberkörper und in Shorts vor dem geöffneten Fenster. Er beobachtet versunken das Gewitter, gibt sich seinem Gedankenkarussell hin. Langsam schleiche ich mich voran. Kurz bevor ich ihn erreiche, wird er auf mich aufmerksam und sieht mich verblüfft an.

„Leonie", sagt er lediglich und starrt mir auf die nackten Beine, die von seinem Shirt unbedeckt bleiben. Der Wind weht zu uns herein, als wollte er mich aufhalten. Die letzten Schritte nehme ich langsamer, bis wir uns vorm Fenster gegenüberstehen.

„Draußen tobt ein Unwetter", bemerke ich, als wäre dies der Grund, warum ich zu ihm gekommen bin.

„Ja, verrückt, nicht wahr? Als ginge die Welt unter."

Wir blicken uns in die Augen, wenngleich ich lieber seinen entblößten Oberkörper betrachten würde. Seine Brust ist bedeckt mit einigen Haaren, die mich einladen, darin rumzuwühlen. Zu gerne würde ich waghalsig sein und mich einfach vergessen – meine Zurückhaltung ablegen und ihn von Kopf bis Fuß abtasten. Sein schlanker Körper ist gut trainiert. Sport wird ihm wichtig sein, was ich von mir nicht behaupten kann.

„Du siehst toll aus!", rutscht es mir heraus, dabei habe ich längst nicht alles gesehen. Schließlich ist mir die Stelle in der Mitte seines Leibs gänzlich unbekannt.

Er lächelt schweigsam und streicht mir über die Wange.

„Ich möchte dir etwas sagen", gebe ich kund, obwohl ich nicht weiß, warum. Im Grunde habe ich nichts zu sagen, da sich mein Hirn zu einem Vakuum verwandelt hat aufgrund seines aufwühlenden Anblicks. „Ich glaube zu wissen, was du für ein Mensch bist", fallen mir die Worte aus dem Mund. Sie müssen zwischengeparkt gewesen sein, denn eigentlich ist mein Schädel ja gerade leer. „Ich denke, du bist ein warmherziger und sehr fürsorglicher Mann, dem man vertrauen kann. Bitte entschuldige, dass ich vorhin nicht fähig war, dir dies zu sagen. Meine Zweifel haben zu viel Macht über mich."

Ein Windstoß dringt ins Zimmer ein und bringt mich aus dem Gleichgewicht. Leon nimmt mich bei den Hüften und hält mich fest.

„Danke für deine Erklärung", erwidert er sanft und lässt seine Hände, wo sie sind.

Ein Wetterleuchten legt sich über die Landschaft und gibt mir zu verstehen, dass ich das Richtige gesagt habe. Oben scheint man mit mir zufrieden zu sein. Das macht mir Mut und spornt mich an, Leon zu ertasten. Meine rechte Hand folgt einem inneren Impuls und streicht über seine Brust. Daniel ist an dieser Stelle haarlos, darum will ich wissen, wie sich Brusthaare anfühlen. Ich merke, wie sich Leon unter meinen Berührungen anzuspannen beginnt. Dabei sollten sie ihn doch zum Schmelzen bringen. Habe ich etwas falsch verstanden? Bin ich vielleicht nicht sein Typ und alles war nur ein großer Irrtum?

„Leonie", stöhnt er gequält. „Bitte tu nichts, was du später bereuen könntest."

Jetzt verstehe ich seinen inneren Widerstand und bin beruhigt. Es geht ihm nicht um sich, sondern um mich. Für seine Rücksichtnahme bin ich ihm dankbar, aber die ist zu diesem Zeitpunkt vollkommen unangebracht. Meine mir auferlegte Keuschheit habe ich gerade abgelegt und plötzlich will ich nichts anderes, als Leons Hände auf mir zu erleben.

„Das werde ich nicht", sage ich ehrlich und strecke mich ihm entgegen, um ihn zu küssen.

Doch meine Worte überzeugen ihn nicht, hindern ihn daran, meine Initiative zu erwidern. Er drückt mich leicht von sich weg, sodass ich seine Wölbung in den Shorts erkennen kann. Na bitte, gleich hab ich ihn. Es braucht nicht mehr viel, ihn von meinem Vorhaben zu überzeugen.

„Ich möchte nicht, dass morgen alles nur ein Strohfeuer war, Leonie. Wenn wir heute so weit gehen, kann ich nicht mehr zurück. Ich werde dich nicht mehr aufgeben wollen, verstehst du, was ich dir damit sagen will?"

Ein warmes Gefühl durchströmt mich. Was er gesagt hat, zeigt mir, wie ernst es ihm ist. Denke ich genauso? Kann ich ihm zusichern, das Gleiche zu fühlen? Ich würde es gern, denn nichts wünsche ich mir sehnlicher, als endlich glücklich zu sein.

„Ja, das verstehe ich", antworte ich ihm ängstlich, er könnte mich abweisen. Seine Ablehnung stünde ich nicht durch, sie ließe mich zerbrechen. Daniels Demütigungen haben mich beschädigt. Jeder weitere Schlag ins Gesicht käme einer Hinrichtung gleich. Leon verlangt von mir, dass ich mich zu ihm bekenne. Aber wie kann ich wissen, was ich fühle, wenn mein gesamter Seelenschutt mich überschwemmt?

„Du bist noch nicht so weit", behauptet Leon und löst seine Hände von meinen Hüften.

„Doch, das bin ich", widerspreche ich ihm und vernehme im selben Moment das Donnern über dem Haus. War ja klar, dass meine Lüge mit einem Wink von oben bestraft wird. Der Sturm fegt durch die Baumwipfel und findet den Weg durch das offene Fenster. Meine Haare werden verweht und fliegen mir um die Schultern. Leons Miene verfinstert sich und macht klar, dass er meine Unaufrichtigkeit durchschaut.

„Verflucht noch mal, das bist du nicht!", keucht er grimmig und schnappt mich an den Armen. Er reißt mich zu sich heran und nimmt mich in die Kandare. Ein weiterer Donnerschlag lässt das Haus erzittern. Leon senkt seinen Kopf und gibt ein leichtes Stöhnen von sich, aber er führt sein Vorhaben nicht zu Ende. Ich sehe ihm seinen inneren Konflikt an, der ihn daran hindert, sich gehen zu lassen. Er will das Richtige tun, zu seinem Wort stehen. Sein Versprechen, mich zu keinem sündigen Handeln anzustiften, gilt. Seine Redlichkeit in allen Ehren! Aber von seiner Zusicherung, moralisch korrekt zu sein, entbinde ich ihn unverzüglich! Deshalb komme ich seinem Gesicht entgegen und lasse meine Lippen sanft auf seine gleiten. Als sie sich berühren, glaube ich, von einem Feuermeer durchströmt zu werden. Alles in mir entzündet sich. Ich flamme auf wie eine Fackel.

„Nein", haucht er mir entgegen, doch ich lasse seinen halbherzigen Protest nicht gelten. Ich drücke mich mit ganzer Kraft an ihn, sodass er nicht ausweichen kann, und lasse meine Zunge langsam in seinen Mund gleiten. Auf einmal ist sein Widerstand gebrochen und er umarmt mich fast gewaltsam. Voller Wollust erwidert er meinen Kuss, während der Wind den Regen ins Zimmer trägt und uns berieselt. In seiner Ekstase schiebt mich Leon näher zum Fenster, bis wir vom Sims aufgehalten werden. Die Wassertropfen benetzen mein T-Shirt und durchdringen den Stoff bis auf die Haut. Die feuchte Luft bläst mir in den Rücken. Sie ist kühl, aber ich bemerke nichts davon, nehme nichts mehr wahr bis auf Leons und meine Erregung. Wir befinden uns in einem Rausch, der uns alles vergessen lässt, der uns mit jedem Donnerschlag von draußen entgleiten lässt. Leons Zunge dringt immer tiefer in mich ein, erbarmungslos und voller übersprudelnder Leidenschaft.

„Du hast es so gewollt!", stößt er aus und presst seinen Unterleib unbeherrscht gegen meinen. Der Niederschlag nimmt zu, ein Platzregen ergießt sich auf die Erde und durchfeuchtet unsere Körper vorm Fenster mitleidlos. Leon lässt seine rechte Hand unter mein Shirt gleiten, während er mich mit seinem linken Arm in die Mangel nimmt. „Mein Gott, du fühlst dich so gut an", keucht er und gibt mich für einen kurzen Moment frei, um mich anzusehen. Ich befürchte, er könnte seine Handlungen stoppen, doch dann suchen seine Finger die Enden des Shirts und ziehen es mir über den Kopf, um es danach auf den Boden zu werfen. Nun stehen wir uns beinahe nackt gegenüber und Leons Augen wandern über meinen durchnässten Körper. „Alles an dir ist perfekt, Leonie. Du bist so wunderschön." Ich bin froh über diese Worte, denn ich habe sie noch nie gehört. Daran könnte ich mich gewöhnen. „Ich will dich so sehr, aber es wäre jetzt nicht richtig", erklärt er mit blutendem Herzen und holt mich aus meinem wunderbaren Traum. Bevor unser Feuer erlischt, taste ich mich mit meiner Hand sachte an seine Shorts heran und gleite langsam hinein. Ich möchte überprüfen, ob sein Körper das gleiche sagt wie sein Mund. Wusste ich es doch. Er ist bereit für mich – jede Faser in ihm will nur eines: sich mit mir vereinen. Meine zarten Berührungen lassen ihn tief durchatmen. Er steht starr vor mir und lässt alles geschehen.

„Leonie, was tust du bloß mit mir?", stöhnt er auf und legt seine Hände auf meinen Po, um mich hochzuhieven. Ich wickle meine Arme um seinen Hals und umschließe ihn mit meinen Beinen. Wie ein Klammeräffchen hänge ich an ihm und wünsche mir, ihn nie wieder loslassen zu müssen. Er geht zum Bett hinüber und lässt sich mit mir darauf nieder. Von nun an gibt es kein Zurück mehr. Er hat mir einige Chancen gegeben, meine Meinung zu ändern. Aber ich habe sie nicht ergriffen, weil ich ihn will! Ja, ich möchte ihn in mir spüren. Und keine Macht der Welt, kann das jetzt noch verhindern.

15

Das Gewitter hat nachgelassen und es ist ruhiger draußen geworden. Die Luft ist schwül und von Abkühlung nichts zu merken. Leon und ich liegen nackt auf seinem Bett, die Decken zu Boden geworfen und das Laken zerwühlt. Ich muss kurz eingeschlafen sein, nachdem wir uns voneinander gelöst haben. Auch Leon schlummert neben mir wie ein Neugeborenes, heimgesucht von einer wohltuenden Erschöpfung. Er liegt auf dem Rücken und hat seinen Kopf in meine Richtung gedreht. Ich betrachte seinen Körper in der Dunkelheit. Selbst seine bloßen Umrisse sind appetitlich anzusehen. Ich möchte ihn berühren, meine Finger über sein sehniges Fleisch gleiten lassen, die kleinen Härchen an ihm erfühlen und ihn erkunden. Ich lege mich auf die Seite und stütze meinen Kopf mit der Hand ab. So habe ich einen guten Blick auf seine Silhouette. Mit den Fingerspitzen streiche ich zart über seine Haut, entdecke kleine Narben und Unebenheiten. Ich arbeite mich von seiner Brust mit langsamen Bewegungen zum Bauch, als Leon wach wird und die Augen öffnet. Er atmet tief durch und hindert mich nicht an meinen Inspektionen.

„Woher hast du die Narben auf deinem Körper?", frage ich, während ich sie mit dem Zeigefinger umkreise.

„Sie sind Relikte aus meiner Kindheit", gibt er zur Antwort, was weitere Fragen in mir aufwirft.

„Bist du etwa geschlagen worden von deinen Eltern?", frage ich bestürzt und setze mich auf.

„Von meinen Adoptiveltern", korrigiert er mich. „Meine leiblichen Eltern sind früh gestorben. Sie kamen bei einem Autounfall um."

„Das ist ja grauenvoll!", entfährt es mir. „Wie konnten sie dir das antun? Einem kleinen Jungen!"

„Das ist lange her, Leonie. Ich habe gelernt, mit meiner Vergangenheit zu leben. Und das wirst du auch schaffen. Mit sechzehn Jahren bin ich von zu Hause ausgezogen. Es war mir wichtig, so schnell wie möglich, auf eigenen Beinen zu stehen, für mich selbst zu sorgen. Meine Kindheitserfahrungen haben mich vorangetrieben zu einem besseren Leben. Sie waren mein Motor, mich emporzuarbeiten. Ich versuche also, das Positive darin zu sehen. Immerhin haben mich die Erlebnisse zu dem Menschen gemacht, der ich heute bin."

Ich schüttle den Kopf.

„Du wärst auch so ein anständiger Mensch geworden", widerspreche ich ihm. „Kein Kind sollte so etwas erfahren müssen."

„Nein, da gebe ich dir Recht, Leonie. Aber ich kann das Vergangene nicht ungeschehen machen. Ich kann lediglich einen Weg finden, mit den Erinnerungen klarzukommen. Und ich denke, das ist mir gelungen."

Seine Worte berühren mich. Trotz seiner Biographie scheint er ein gefestigter Charakter zu sein. Dafür bewundere ich ihn.

„Woher nimmst du diese Kraft?", frage ich ihn anerkennend.

Leon ergreift mich am Ellenbogen und zieht mich liebevoll in seinen Arm.

„Aus mir selbst, Leonie. In jedem steckt ein Kämpferherz, ebenso in dir."

„Ja, das dachte ich auch mal. Dann jedoch hat mich Daniel eines Besseren belehrt, als er die Führung über mich übernommen hat. Ich hab's mir gefallen lassen, statt mich zu behaupten. Da wurde mir bewusst, dass ich alles andere als eine Kämpfernatur bin. Sonst hätte ich seine Bevormundungen doch niemals zugelassen."

Leon hebt seinen Kopf etwas an und streichelt mein Gesicht.

„In einer Beziehung nimmt man sich zurück für den anderen", erklärt er mir. „Man geht Kompromisse ein, denn ohne sie ist ein Zusammenleben nicht möglich. Zwei verschiedene Menschen müssen einen gemeinsamen Nenner finden. Das kann nur gut gehen, wenn beide zu einem Mittelweg bereit sind. Dein Ehemann war dazu nicht bereit, Leonie. Er war der charakterlich Schwächere von euch beiden. Das musst du dir immer vor Augen führen."

„Von dieser Seite aus habe ich das bisher noch nicht betrachtet", sage ich nachdenklich. „Das ist eine interessante Sichtweise."

„Es ist nicht bloß eine Sichtweise, Leonie, sondern eine Lebensphilosophie. Du bist der Akteur in deinem Leben, die Autorität! Niemand sonst, hörst du?"

„Danke für deine Worte", sage ich und lasse ein paar Tränchen die Wange runterkullern. „Du hast wirklich den Beruf verfehlt. Seelenklempner wäre genau das Richtige für dich."

Leon lacht und umschlingt mich wie ein Krake.

„Und für dich wäre ein bisschen Schlaf genau das Richtige", behauptet er, obwohl mir da was ganz anderes vorschwebt. Deshalb lege ich mein Bein auf seine Oberschenkel und drücke mich weiter an ihn heran. Schnell erkennt er meine Absicht und kommt mir mit seinem Unterleib entgegen. „Hey, du Nimmersatt", flüstert er mir ins Ohr. „Behaupte nicht noch mal, du wärst nicht durchsetzungsfähig. Du weißt genau, was du willst."

„Keine Ahnung, wovon du sprichst", dementiere ich grinsend.

Leon hält inne und sucht meine Augen in der Dunkelheit.

„Du hast mich überrumpelt, Leonie. Ich hoffe, du bist dir im Klaren darüber, wie weit wir gegangen sind."

Ich lasse die letzten Stunden Revue passieren und überdenke sie kurz.

„Glaubst du, ich wüsste nicht, was zwischen uns passiert ist?", gebe ich verstimmt von mir.

„Und wie stehst du dazu?", fragt er bekümmert. „Gehst du morgen in dein Leben zurück und vergisst diese Nacht?"

„Niemals", versuche ich, ihm seine Zweifel zu nehmen. „Vielleicht entscheidest *du* dich ja morgen für deine Exfreundin und löscht jede Erinnerung an mich."

„Niemals", wiederholt er meinen Schwur und küsst mich auf den Mund.

Ich nutze die Gelegenheit und rolle mich über ihn, sodass ich auf ihm liege und ihm keine Möglichkeit zum Rückzug bleibt. Ich fühle seine Härte an meinem Unterleib und drücke mich dagegen. Ich will ihn wieder in mir aufnehmen, aber er versucht, mich aufzuhalten, hält meine Hüften fest, um mir noch etwas zu sagen.

„Oh Gott, Leonie, versprich mir, dass du morgen nicht alles anders siehst", beschwört er mich.

Doch ich lasse mich zu keinem weiteren Geständnis hinreißen und stemme mich gegen seine abwehrende Haltung. Ich erneuere die Verbindung zwischen uns und bewege mich langsam auf und ab, ganz im Takt unserer Herzen. Leon japst nach Luft, hat nicht vor, sich meinen Eigenmächtigkeiten erneut zu ergeben.

„Zum Henker noch mal, du machst aber auch, was du willst!", knurrt er und dreht uns herum. Nun liegt er über mir und übernimmt die Kontrolle. Trunken vor Lust stößt er roh und wild zu. Ich lasse mich treiben von Leons Leidenschaft, die mit jedem weiteren Stoß auf mich überschwappt.

Ich werde fortgetragen vom Strom der Gefühle, die mir in dieser Form noch niemals begegnet sind.

16

Am folgenden Morgen scheint die Sonne wieder und die Vögel singen mich aus dem Schlaf. Leon liegt längst wach neben mir und beobachtet mich.

„Hey", boxe ich ihm in die Rippen. „Warum hast du mich nicht geweckt?"

„Du hast so schön geschlafen. Außerdem wollte ich dich ein wenig betrachten."

„Und hast du jede Schwachstelle meines Körpers ausgemacht?", frage ich grimmig.

„Lugt da dein angeknackstes Selbstwertgefühl hervor?", stellt er richtig fest. „Es gibt keine Schwachstellen, Leonie. Und wären da welche, würden sie mich nicht stören."

Ich drehe mich herum, sodass ich ihm den Rücken zuwende, und kauere mich zusammen.

„Das glaube ich dir nicht", entschlüpft es mir, obgleich ich meine Einstellung ändern wollte. Doch offenbar funktioniert das nicht von heute auf morgen. Daniels Herabwürdigungen nagen weiter an mir, haben sich an mir festgebissen wie ein Parasit.

„Das solltest du aber", fordert Leon. „Denn es ist die Wahrheit und nichts als die Wahrheit."

Er kitzelt mich und bringt mich zum Lachen.

„Hör auf!", quietsche ich vergnügt und versuche, seine Hände abzuwehren. Aber sie kommen aus allen Richtungen.

„Ich denke nicht daran!", macht er klar und packt mich an den Seiten, um mich auf den Bauch zu drehen. War es gestern noch umgekehrt, bin *ich* jetzt die Unterlegene. Leon hält die Zügel in der Hand, gewinnt mit jeder Bewegung die Oberhand. „Wollen wir doch mal sehen, wie es ist, wenn ich den Ton angebe", amüsiert er sich und legt sich über meinen Rücken.

„Nein, nicht", sage ich heiter, dabei wartet alles in mir darauf, ihn in mir zu fühlen.

„Du willst es doch!", spielt er den Schurken. „Lass mich zwischen deine Beine und du bekommst, was du brauchst!"

Ich habe sichtlich Spaß bei diesem Rollenspiel und lasse mich darauf ein. Ich gebe ihm, was er will und öffne meine Beine. Er lässt keine Zeit vergehen und dringt sanft von hinten in mich ein.

„Nicht zu fassen, wie gut es sich in dir anfühlt", stöhnt er mir ins Ohr. Seine gleichmäßigen Bewegungen sind diesmal zärtlich und entflammen mein Verlangen erneut. Stoß für Stoß fühle ich die Erregung in mir anwachsen und möchte ihn am liebsten für immer in mir behalten. Ich merke, wie sich der Brand in mir ausbreitet und kurz bevor ich mich darin verliere, stoppt Leon seine Bewegungen.

„Noch nicht", quält er mich und beginnt sein Spiel nur langsam von Neuem. Vorsichtig stößt er wieder zu und steigert sein Tempo mit jedem Mal. Plötzlich kriecht eine Flamme in mir hoch, die zu einem Feuersturm anwächst. Ich will den Druck, der sich in mir aufbaut, loslassen, als ein Feuerwerk über mich hereinbricht und ich mit einem erstickten Schrei den Höhepunkt finde. Kurz darauf ergießt sich Leon in mir wie ein Vulkan. Er atmet schwer und ich nehme alles auf, was er mir zu bieten hat. Erschöpft legt er sich neben mich und streichelt weiter meinen Rücken.

„Beim nächsten Mal schreist du alles heraus", wünscht er sich von mir, als wüsste ich nicht, dass ich mich gezügelt habe. Möglicherweise hätte ich mich gehen lassen können, wäre die Erfahrung nicht so unglaublich gewesen. Beinahe hätte ich die Besinnung verloren, weil der Flächenbrand sich in meinem gesamten Körper ausgebreitet hat. Daniel hat mich niemals zu solch einer Explosion getrieben. Ich wusste gar nicht, dass das möglich ist.

„Ich werde es versuchen", gebe ich entkräftet von mir und hoffe, dass er nicht weiter darauf rumreitet.

„Kannst du dich nicht fallen lassen bei mir?", fragt er traurig.

Ich drehe mich zur Seite, damit wir uns in die Augen sehen können.

„Das ist es nicht", mache ich ein Teilgeständnis. „Muss ich es dir jetzt genauer erklären?"

„Du hast es bis heute nie erlebt", weiß er wieder sofort Bescheid, als hätte er Zugriff auf meine Gedanken.

„Doch schon, aber nicht so."

Ob er Alufolie im Haus hat?

„Das macht mich glücklich", offenbart er mir. „Danke für deine Ehrlichkeit."

Als hätte ich was gesagt. Da ist er von ganz allein draufgekommen. Leonie, mach dir klar, dass du vor Leon nichts geheim halten kannst. Ein Leben ohne Geheimnisse wäre mir suspekt.

Eine Stunde liegen wir noch zusammen, bis wir endlich aufstehen und gemeinsam unter die Dusche schnellen. Leon ist vor mir fertig, während ich weiterhin den Wasserstrahl auf meiner Haut genieße.

„Würdest du mich heute Abend zu einem Geschäftsempfang begleiten?", fragt er mich auf einmal durch die Duschwände, als wäre es eine Bagatelle. Dabei will ich genau das nie mehr! Ich stelle das Wasser ab und antworte nicht. Leon reicht mir ein Handtuch, das ich ernüchtert entgegennehme. Stumm trockne ich mich ab und schlüpfe in meine Kleidung. Kann es sein, dass mich dieses Leben überall einholt? Ich hatte mir geschworen, mich nicht mehr auf einen reichen Mann einzulassen. Und was passiert? Ich tue genau das! Und das Resultat folgt auf dem Fuß.

Nein, nein, nein, Leonie! So haben wir nicht gewettet! Ich will kein Präsentierschaf mehr sein – soweit meine Theorie. Doch die Realität entpuppt sich als gemeiner Fiesling.

„Es ist nichts Großes. Ich habe nur ein paar Geschäftspartner ins Hyatt eingeladen, um auf einen Vertragsabschluss anzustoßen. Es wäre schön, dich an meiner Seite zu haben."

MÄH!, denke ich und sehe das Schaf vor meinen Augen lachen. MÄH, MÄH!

Es klingelt an der Haustür, was mich vor einer Antwort rettet. Leon springt in seine Jeans und läuft die Treppen nach unten. Ich höre eine Frauenstimme. Offenbar hat Leon die Stimme hereingelassen.

Wissbegierig öffne ich die Schlafzimmertür einen Spalt und lausche.

Schäm dich, Leonie!

Leider verstehe ich kaum etwas, also entscheide ich mich runterzugehen. Auf halbem Wege möchte ich am liebsten kehrtmachen. Leon steht mit einer blonden Frau im Wohnzimmer und unterhält sich freundschaftlich. Sie ist elegant gekleidet, für meinen Geschmack eine Spur zu extravagant. Der Look passt zu ihr und verleiht ihr eine majestätische Grazie. Bei ihrem Anblick fühle ich mich wie ein Bauerntrampel. Was will Leon überhaupt von einem unscheinbaren Aschenbrödel wie mir? Kam ich ihm gerade recht, weil er seine Exfreundin vergessen wollte? Ist sie das womöglich? Ich vernehme einen Stich im Herzen. Wenn sie seine Ex ist, habe ich hier nichts verloren. Sie spielt in einer ganz anderen Liga als ich. Da könnte ich niemals mithalten. Leon muss sich mit mir geirrt haben. Und ich mich anscheinend mit ihm.

Er sieht mich auf der Treppe stehen und winkt mich zu sich heran.

„Leonie, komm doch zu uns, ich möchte dir Marie vorstellen."

Etwa die Pechmarie aus „Frau Holle"? Falls ich die Goldmarie wäre, könnte ich mich in Sicherheit wiegen. Aber das muss sich erst noch herausstellen. Also nehme ich meinen Mut zusammen und stelle mich der Situation. Als ich vor Marie stehe, überlege ich, ob ich mich verbeugen muss. Sie ist von Kopf bis Fuß mit Goldschmuck behangen. Ihr Haar hat sie hochgesteckt zu einem Dutt in dem ein Diadem steckt und ihre rot lackierten Fingernägel sind so lang wie Espressolöffel. Ich dagegen stehe in meinem leichten Durchschnittssommerkleidchen vor ihr, das mir Elli gestern aufgeschwatzt hat, und trage mein Haar feucht und ungekämmt. Meine Fingernägel sind kurz und farblos und auch sonst sehe ich im Vergleich zu ihr nichtssagend aus.

„Hallo", kann ich sagen. Wow, ich habe den Anfang gemacht! „Ich bin Leonie."

„Ja, das dachte ich mir schon", erwidert sie kaltschnäuzig und sieht mich nicht mal an. „Hör zu, Leon, ich möchte mir ein paar Sachen holen."

„Wenn du mir sagst, welche, suche ich sie dir zusammen."

„Das ist nicht nötig", gibt sie zu verstehen. „Ich kann sie mir selbst aus dem Schlafzimmer nehmen."

„Nein, Marie, das kannst du nicht", wehrt Leon ihren indiskreten Vorstoß ab. „Sag mir welche, und ich bringe sie dir."

„Okay", sagt sie und zieht eine Liste aus ihrer Handtasche, die sie ihm in die Hand drückt.

„Gut", bemerkt Leon und macht sich auf den Weg nach oben. „Du kannst dir in der Zwischenzeit etwas zu trinken aus dem Kühlschrank nehmen. Du weißt ja, wo alles steht. – Leonie, du auch!"

Oh, herzlichen Dank! Da bin ich aber froh, dass er mich nicht vergessen hat. Marie macht sich auf zum Kühlschrank und nimmt sich ein Mineralwasser heraus. Ich bleibe wie angewurzelt stehen und beobachte sie dabei.

„Du bist also die Neue", gibt sie verächtlich von sich. „Bilde dir bloß nichts ein! Das wird nicht lange dauern mit euch."

„Wie kommst du darauf?", lasse ich mich verunsichern.

„Weißt du, wie oft wir uns bereits getrennt haben? Viermal! Und jedes Mal hatte er eine andere in dieser Zeit. Am Ende kam er immer zu mir zurück."

„Ach ja? Vielleicht endet deine Glückssträhne ja jetzt", gifte ich sie an. Was für ein Miststück!

„Verrate mir, Liebes, hat er dich abgeschleppt, aber behauptet, nichts von dir zu wollen? Am Ende musstest du ihn überzeugen, nicht wahr? Er hat sich lammfromm verhalten, war in jeglicher Hinsicht ein Gentleman, oder nicht? Das ist seine Masche. Du bist nicht die Erste, die darauf reingefallen ist, und du wirst auch nicht die Letzte sein. Sein Ferienhaus hat er übrigens schon diversen Frauen vorgeführt."

Ich entgegne nichts mehr. Sie hat mich mundtot gemacht. Darin war sie sehr geschickt. Ich kassiere ein beschämendes Grinsen.

Leon kommt mit einer Tasche in der Hand zurück.

„Komm", sagt er zu seiner Ex. „Ich bring dich zu deinem Auto." Er wendet sich mir zu. Oh, ich falle ihm gerade wieder ein. „Ich bin sofort zurück, okay?"

„Klar, lass dir Zeit", gebe ich schnippisch zurück. Marie lacht sich ins Fäustchen. Sie hat ihr Ziel erreicht. Ich sehe den beiden nach und möchte auf der Stelle das Weite suchen. Natürlich ist mir klar, was Pechmarie mit ihren miesen Worten bezweckt hat. Was sie jedoch gesagt hat, war zutreffend. Das kann ich nicht einfach übersehen. Tränen überfluten mir die Augen. Ich wische sie mit der Hand weg und sehe Leons Telefon auf dem Tisch liegen. Mein Handy habe ich zu Hause gelassen und nun muss ich dringend mal telefonieren. Denn ich will hier weg! Jetzt und sofort! Leon würde sowieso alles abstreiten, wenn ich ihn mit Maries Aussagen konfrontieren wollte. Und ob ich ihm noch glauben könnte, weiß ich im Augenblick nicht mehr. Da hilft nur eines! Verschwinden!

Ich greife mir das Smartphone und wähle Ellis Mobilnummer. Erst denke ich, sie geht nicht ran, als sie sich nach einer endlosen Weile meldet.

„Ja, bitte", gibt sie sich förmlich.

„Ich bin's, Elli … Leonie."

„Hä, wieso rufst du mich von dieser Nummer aus an?", wundert sie sich.

„Ich hab gerade keine Zeit für Erklärungen. Kannst du mich vom Timmendorfer Strand abholen? Jetzt?"

„Was machst du denn an der Ostsee?"

„Frag nicht. Wir treffen uns in Niendorf am Hafen, okay?"

„Na schön. Ich bin in etwa einer Stunde da."

Ich beende das Gespräch und lege das Telefon zurück an seinen Platz. Durch das Fenster kann ich sehen, wie Leon seine Exflamme umarmt. So möchte ich nicht enden und überlege mir einen Plan, wie ich das Haus ohne Aufsehen verlassen kann. Mein Blick fällt auf die Terrassentür. Na klar! Vom Garten aus kann ich unerkannt entkommen und muss weder an Leon noch an seiner Pechmarie vorbei. Außerdem erspare ich mir so unliebsame Wortgefechte, die ich schon mit Daniel zur Genüge austrage. Ich öffne die Terrassentür zum Garten und laufe in meine Freiheit so schnell ich kann. Niemand soll mich erspähen, darum bücke ich mich hinter der Hecke und schleiche mich durch die Büsche. Ich renne wie ein gehetztes Kaninchen einen Feldweg entlang. Als ich endlich einen Waldweg erreiche, bin ich vollkommen außer Atem und bleibe an einem gewaltigen Baumstumpf stehen, auf dem ich mich niederlasse. Unglücklich vergrabe ich mein Gesicht in den Händen und weine in meine Handflächen hinein. Warum nur musste mir das passieren? Ich habe mich in Leon verliebt. Dabei wollte ich das nicht zulassen, hatte mich gegen meine Gefühle gewehrt. Nun liegt mein Leben in Scherben und ich muss zusehen, wie ich mit dem Schmerz zurechtkomme.

17

Ich sitze in Ellis kleinem Auto und lasse mich über die A1 kutschieren. Eine halbe Stunde hat sie mich weinen lassen und mich nicht mit quälenden Fragen bombardiert. Jetzt allerdings hat ihre Nachsicht ein Ende und sie fordert ihr Recht ein. Immerhin hat sie gerade über eine Stunde Fahrt auf sich genommen, mich in Niendorf abzuholen. Weitere dreißig Minuten, die ich gar nicht mit eingerechnet habe sowie die noch folgenden.

„Bitte erkläre mir mal, wie du ohne Auto zur Ostsee kommst und was ist hier eigentlich los?"

Ich schnaube in das x-te Taschentuch, das wie die vorherigen im Fußraum landet. Eine stattliche Sammlung türmt sich da auf.

„Leon. Er hat mich nach Timmendorf gebracht. Wir haben die Nacht in seinem Ferienhaus verbracht. Ich …"

Moment, ein neuer Heulkrampf kündigt sich an, den muss ich erst mal hinter mich bringen. Wieder trompete ich in ein neues Kleenex und werfe es nach unten.

„Hat er dir was angetan?", vermutet Elli das Schlimmste.

„Neiiin", widerspreche ich erst. „Doooch", bestätige ich dann.

„Ja, was denn nun?"

„Er war toll."

„Und was ist daran verkehrt?"

„Nichts. Daran ist nicht das Geringste verkehrt, Elli. Wir haben einen schönen Tag am Strand verbracht, waren essen und sind dann noch einmal zu seinem Ferienhaus gefahren. Er war ein Kavalier."

„Ich verstehe gar nichts. – Hattet ihr Sex?"

„Elli!", entfährt es mir.

„Nun red' schon!"

„Ja", antworte ich verlegen. „Ich will das aber nicht näher erörtern, klar?"

„Natürlich wirst du das! Bevor ich nicht alles weiß, setze ich dich nicht zu Hause ab, hörst du?"

„Wozu soll das nötig sein? Ich werde ihn ohnehin nie wiedersehen!"

„Wieso, war er nicht gut?"

Ich schüttle den Kopf.

„Du bist 'ne echte Nervensäge, weißt du das?"

„Ich weiß", grinst sie mich an. „Er war also 'ne Granate im Bett und du weinst dir heute die Augen aus."

„Ach, Elli, vielleicht sind dir solche Dinge wichtig. Ich aber will bloß mal Frieden im Leben finden. Du weißt, wie es zwischen Daniel und mir oft hergeht. Ich habe mir geschworen, mich niemals mehr auf einen reichen Mann einzulassen. Und was tue ich, ich Dussel? Ich gehe gleich einen Tag, nachdem ich erfahren habe, dass mich mein Ehegatte betrügt, mit einem ins Bett. Ist das nun dumm oder dumm?"

„Wieso erfahre ich erst jetzt davon, dass deine Nullnummer dir fremdgeht? Du musst sofort aus deinem Verlies ausziehen, das ist ja wohl klar!"

„Bitte, Elli, bedränge mich nicht so. Genau deshalb hab ich es vorerst für mich behalten, um mir deine sicherlich gut gemeinten Ratschläge zu ersparen. Ich weiß noch nicht, was ich mache. Und bitte akzeptiere das!"

„Klar, werde ich, Mäuschen", rudert sie zurück. „Das verstehe ich. Ich hoffe nur, dass du es nicht einfach aussitzt. Eine Trennung mit Daniel ist längst überfällig."

„Ja, scheint so", bestätige ich und lasse meine Tränen wieder fließen.

„Und Leon?", fragt sie und legt ein mitleidiges Gesicht auf.

„Seine Exfreundin ist heute aufgetaucht und hat mich über ihn aufgeklärt. Offenbar schleppt er öfter Frauen in sein Ferienhaus ab. Ich bin lediglich eine von vielen."

„Scheiße", sagt Elli und seufzt auf. „Aus Oskar und mir ist auch nichts geworden", erinnert sie mich an ihr Rendezvous mit dem Architekten.

„Oh", gebe ich von mir. „Warum nicht?"

„Weil er ein Geizhals ist!", sagt sie und setzt den Blinker, um an der nächsten Ausfahrt rauszufahren. „Umso mehr Geld die Kerle haben, desto fester sitzen sie auf ihren Münzen. Ganz so wie Daniel, der Donald Duck von Hamburg", fügt sie an und kichert belustigt. „Du hast Recht, Leonie. Reiche Chauvinisten sind nix für uns. Wir sollten uns einen armen Waldarbeiter suchen. Der hat wenigstens Muskeln." Ich muss lachen und bin froh, dass Elli bei mir ist. Sie nimmt alles immer so leicht. Das tut mir gut in meiner derzeitigen Lage. „Nie wieder Sex mit einem reichen Mann. Was sagst du dazu, Süße?", schlägt sie allen Ernstes vor.

Ich schaue zur Seite in Ellis Profil. Das hält sie doch keine fünf Tage durch.

„Ja, da schließe ich mich an", lasse ich mich auf ihren Vorschlag ein und bin bereit, jeglichem Luxus zu entsagen. Ob Elli das schafft, bezweifle ich allerdings.

„Hand drauf!", sagt sie und streckt mir ihren rechten Arm entgegen.

Ich schlage ein und lasse mich von ihrer Hochstimmung mitreißen.

„Wir könnten eine Kontaktanzeige aufgeben? *Suche mittellosen Mann fürs Leben*", kommt sie mit der nächsten Idee. „Sex erst nach Vorlage des Kontoauszuges."

„Bombenidee!", antworte ich. „Wie viel Geld darf er denn haben?"

„Keins! Hauptsache, er hat einen gut trainierten Bizeps. Wäre mal was anderes, findest du nicht auch?"

Wir glucksen vor Spaß und einigen uns, in ein Café zu fahren. Schließlich müssen wir auf unsere Entscheidung anstoßen.

18

Gegen fünfzehn Uhr setzt mich Elli zu Hause ab. Ich sehe Daniels Dienstwagen vor der Tür stehen und spüre einen Klops in meinem Magen anwachsen. Dabei fällt mir ein, dass ich heute noch nichts gegessen habe und hoffe, dass ich den Stress, der nun folgen wird, durchstehen werde. Im Zeitlupentempo krieche ich zur Tür und schließe auf. Daniel kommt die Treppen herunter und ich würde am liebsten rückwärts rauslaufen.

„Du hast dein Handy vergessen", macht er mich darauf aufmerksam und erspart sich die Begrüßung.

„Ja, ich weiß", sage ich schlaff wie ein ausgeleiertes Gummiband.

„Das Ding bimmelt in einem fort. Kannst du mir mal verraten, wer Leon ist?", fragt er und hält mir mein Smartphone unter die Nase.

Ich sehe, dass es einundzwanzig entgangene Anrufe anzeigt, alle von Leon Rosenbaum.

„Er ist bloß ein Makler, den Elli aufgetrieben hat", sage ich und husche an Daniel vorbei, um nach oben zu gehen.

„Und warum ruft ein Makler über zwanzigmal an einem Sonntag auf deinem Handy an?"

Weil ich mit ihm geschlafen habe!, würde ich zu gern sagen. Aber ich entscheide mich fürs Schweigen.

„Hallo, ich rede mit dir?"

„Ich weiß es nicht, Daniel. Ruf ihn an und frag ihn, warum er das tut. Ich will jetzt nicht reden, ich habe Kopfschmerzen."

„Hast du was mit dem Kerl?", drängelt er und gibt keine Ruhe.

„Und wenn es so wäre?", frage ich neugierig. Immerhin war er auch kein Kind von Traurigkeit. Da müsste er mir einen Ausrutscher doch zugestehen.

„Dann haben wir ein ernstes Problem!", macht er mir klar.

„Was soll denn das heißen? Willst du mir damit sagen, du dürftest fremdgehen, ich aber nicht?"

„Das ist was ganz anderes!", haut er raus. „Ich habe dir gesagt, dass es mit Mandy und mir vorbei ist. Das war ein Fehltritt, den ich bitter bereue."

„Davon weiß ich nichts", sage ich erstaunt. „Deine Textnachrichten mit ihr sagen etwas anderes. Da habt ihr erst vor drei Tagen schriftlich miteinander herumgeturtelt. Und von Reue war nie die Rede."

„Leonie, das waren nur ein paar Worte per Handy. Und natürlich bedauere ich es."

„Was denn? Dass ich dich erwischt habe?"

„Jetzt hör auf, von dir abzulenken!", vergreift er sich im Ton. „Ich hab dir gestern am Telefon gesagt, dass ich keine Trennung will. Und was machst du? Gehst gleich mit dem nächstbesten Immobilienmakler fremd!"

„Immobilienhändler", korrigiere ich ihn.

„Was?"

„Er ist Immobilien*händler*. Da ist ein Unterschied."

„Das ist mir doch scheißegal!", schreit er jetzt übermächtig. „Also warst du mit ihm im Bett! Sag es! Dann weiß ich wenigstens, was du für eine Schlampe bist!"

Ich lege meine Stirn in Falten und stehe da wie ein schockgefrorener Karpfen. Mit offenem Mund versuche ich zu erfassen, was gerade geschieht. Daniel erlaubt sich einen Seitensprung (wer weiß, seit wann?) und wirft mir meine Untreue vor, die ich noch nicht mal gestanden habe.

„Wir reden weiter, wenn du dich beruhigt hast", erkläre ich und gehe Richtung Dachgeschoss, um mich dort einzuschließen. Aber Daniel fegt mir hinterher und hält mich am Arm fest.

„So läuft das nicht, Leonie. Du bleibst schön hier und redest mit mir."

„Du meinst schreien", mache ich ihn auf seine Entgleisung aufmerksam.

„Wie lange geht das schon mit dem Immobilienheini?"

„Ein paar Monate", antworte ich und amüsiere mich über Daniels Blick. Er sieht aus wie ein Mohrenkopf in der Mikrowelle kurz vorm Aufspringen. Mein Grinsen wird immer breiter, es ist zu komisch, in sein feuerrotes Gesicht zu sehen. Er erwidert nichts und versucht, mein Verhalten zu deuten.

„Willst du mich verscheißern?"

„Ja, Daniel, das will ich! Ist dir eigentlich klar, was du hier für einen Aufstand probst?"

Er atmet ein paar Mal tief durch und setzt sich auf die Treppe. Ich lasse mich neben ihm nieder und lege meine Arme auf den Knien ab.

„Tut mir leid, dass ich so ausgerastet bin. Ich hab echt gedacht, du hättest was mit diesem Immobilienblödmann."

Ich hebe eine Augenbraue an.

„Daniel, du hast es immer noch nicht verstanden. Du bist auf Abwege geraten, duu!"

„Ja, ich weiß."

„Fein. Dann solltest du auch wissen, dass du kein Recht hast, mich zu verurteilen, wenn mir das Gleiche passiert."

„Also doch?"

„Warum ist denn das so wichtig für dich? Weil ein Daniel Hartmann nicht betrogen wird?"

„Nein, Leonie, weil ich dich liebe!"

Ich traue meinen Ohren nicht. Solche Worte habe ich seit Jahren nicht mehr von meinem Ehemann gehört.

„Und das fällt dir jetzt ein, nachdem du dich mit Mandy vergnügt hast?"

„Na ja, irgendwie schon, ja. Da ist mir bewusst geworden, was ich an dir habe."

„Ja, eine billige Hausangestellte."

Er fährt sich mit der Hand durchs Gesicht.

„Das ist doch nicht das Einzige."

„Nein, aber ein entscheidender Punkt. Ich weiß nicht, Daniel. Zwischen uns ist alles so eingefahren. Ich brauche mal ein bisschen Abstand und dann sehen wir weiter."

„Du willst ausziehen?", entfährt es ihm und sieht dabei aus wie ein Hamster in der Druckluftkammer.

„Darüber habe ich noch nicht nachgedacht. Das wäre vielleicht vernünftig."

„Das möchte ich aber nicht, Leonie."

„Gut, dann ziehst du aus."

„Kommt nicht infrage! Keiner zieht aus. Dann entfernen wir uns bloß weiter voneinander."

„Aber genau das ist der Zweck einer räumlichen Trennung, Daniel. Sich zu entfernen, um herauszufinden, welche Gefühle man noch für den anderen hat."

Er schüttelt energisch mit dem Kopf.

„Das weiß ich auch so. Du bleibst hier, Leonie! Ziehst du aus, bekommst du von mir keinen einzigen Cent! Ich werde deine Spinnereien nicht unterstützen!"

„Ich weiß, Daniel", sage ich und stehe auf, um in mein Atelier zu gehen.

„Gut, dann haben wir das also geklärt", schließt er unser Gespräch uneinsichtig ab und erhebt sich ebenfalls. „Wenn ich morgen nach der Arbeit nach Hause komme, erwarte ich, dass du da bist und für uns gekocht hast. Ansonsten kannst du dich auf einen Krieg einstellen! Haben wir uns verstanden?"

„Ja, Daniel", rufe ich ihm zu und lasse mich erschöpft auf den Stuhl vor der Staffelei sinken. Ich betrachte mein unfertiges Werk und würde es am liebsten zerstören. Jedoch wird mir bewusst, dass ich nicht wütend genug dafür bin, mich meine Wehrlosigkeit Daniel gegenüber lähmt. Also greife ich nach meinem Arbeitswerkzeug und beginne zu malen. Erst nur ein paar Pinselstriche, doch dann denke ich an Leon und in meinem Kopf entsteht ein Farbenmehr. Ich fackle nicht lange und mische alle Farben an, die ich sehe, bevor die Inspiration verschwindet. Meine Hand führt den Pinsel mit einer Leichtigkeit über die Leinwand, die mir neu ist. Ich muss nicht nachdenken, alles läuft wie von selbst. Als wäre ich besessen. Die Cellospielerin, den Rosenstock, die Wiese, den Himmel, alles malt meine Hand von allein in Zusammenarbeit mit meinem Geist, der sich von mir abgespalten hat. Stunden vergehen und ich habe nicht mal eine Pause gemacht. Auch meinen Magen zu befüllen, habe ich vergessen. Um Mitternacht werde ich fertig und lege alles beiseite. Ich lehne mich im Stuhl zurück und starre auf meine Arbeit. Ich bin gefangen von der Schönheit des Bildes und bezweifle beinahe, dass ich dieses Kunstwerk geschaffen habe.

„Wow!", sage ich zu mir selbst und greife nach dem Smartphone, um es zu fotografieren. Ich denke darüber nach, das Foto an Leon weiterzuleiten. Er wollte das Bild kaufen, wenn es fertig ist. Und zufällig brauche ich gerade Geld. Denn ich habe entschieden, mir von Daniel keine Ketten mehr umlegen zu lassen. Morgen werde ich meinen Kram zusammenpacken und abhauen. Ich halte es hier nicht mehr aus – in Daniels Nähe. Er erstickt mich.

Ich blicke aufs Handy und sehe, dass zehn Textnachrichten eingegangen sind. Alle von Leon. Ich lese sie nicht und lösche eine nach der anderen. Von nun an bin ich frei! Kein Mann hat mehr Macht über mich! Ich werde ein neues Leben beginnen und es mir so einrichten, wie es mir gefällt.

19

Mit meinem vollbepackten Auto fahre ich zu Elli. Sie wohnt in einem kleinen Haus in Hamburg Langenhorn, dessen Kreditraten sie von ihrem Gehalt als Chefsekretärin abstottert. Sie verdient nicht schlecht, aber aufgrund ihres übertriebenen Lebensstils lässt sie sich regelmäßig von ihren Eltern aushelfen. Ich wünschte, ich hätte noch welche, dann gäbe es eine Anlaufstelle, Menschen, die mich auffangen. Zum Glück habe ich Elli, auf sie kann ich mich immer verlassen. Heute hat sie sich für mich Urlaub genommen, um für mich da zu sein.

Als ich ankomme, erwartet sie mich schon und läuft mir entgegen, um mir beim Ausladen zu helfen.

„Wo sind denn deine anderen Bilder?", fragt sie, als sie in den Kofferraum hineinsieht.

„Einen Teil musste ich im Haus lassen, der andere ist noch bei Max von Hoegen."

„Bist du wahnsinnig! Du kannst keine Bilder zurücklassen! Daniel wird sie zerstören, um dir eins auszuwischen!"

„Ja, das weiß ich, aber was soll ich denn machen? Mehr Kram hat einfach nicht ins Auto gepasst."

„Dann fahren wir solange hin und her, bis alles raus ist", beschließt sie. „Und zwar mit beiden Autos. Wir laden jetzt aus und dann hole ich meinen Twingo."

Ich nicke und bin froh, dass Elli die Sache in die Hand nimmt. Ich bin zu ausgelaugt, um rationale Entscheidungen zu treffen.

Am frühen Abend sind wir mit allem fertig und fallen erschöpft auf Ellis Sofa.

„So, nun kann dich Daniel mal kreuzweise", bemerkt sie und legt ihre Beine hoch. „Du solltest dir eine neue Mobilnummer besorgen. Dann kann dich weder Leon noch Daniel mehr belästigen.

„Ich denke darüber nach", sage ich mit kleinen Augen und gähne abgekämpft. „Doch erst mal muss ich eine Menge Schlaf nachholen. So etwa eine Woche."

„Vorher solltest du dir aber ein bisschen Vorrat anfuttern", sagt sie besorgt. „Du bist schon ganz dünn geworden."

„Essen ist mir viel zu anstrengend. Kann ich nicht gleich ins Bett?"

Elli sieht auf die Uhr.

„Jetzt? Es ist siebzehn Uhr."

„Ja, bitte."

„Erst bestelle ich eine Pizza bei Antonio. Meeresfrüchtepizza?", fragt sie, obwohl sie genau weiß, dass ich keine andere esse.

„Ja, toll."

Ich schließe die Augen und höre, wie Elli ihr Smartphone bedient. Sie ruft bei Antonio an und bestellt zwei Pizzen. Langsam döse ich weg und hoffe, nie mehr aufwachen zu müssen.

Am nächsten Morgen liege ich immer noch auf der Couch in meiner Kleidung vom Vortag. Elli hat mich schlafen lassen, dafür bin ich ihr dankbar. Es liegt ein Zettel auf dem Tisch mit Hinweisen, wo ich was finde. Kaffee in der Thermoskanne, Brot und Käse im Kühlschrank. Für den Fall, ich hätte Lust auf die liegen gebliebene Pizza von gestern, soll ich im Pappkarton nachsehen. Ich stehe auf und gehe in die Küche, um mir einen Kaffee einzuschenken. Dabei sehe ich in die Schachtel und mir steigt der Geruch der kalten Pizza in die Nase. Mein Magen knurrt gewaltig, also ziehe ich mir eine Ecke heraus und beiße rein. Kalt schmeckt sie genauso gut, also esse ich genüsslich weiter. Dabei setze ich mich zurück aufs Sofa, um meinen Laptop einzuschalten. Ich habe vor, im Internet nach einer Wohnung zu suchen. Womit ich sie bezahlen soll, weiß ich allerdings nicht. Vielleicht sollte ich meinen Sparvertrag auflösen. Dann hätte ich für den Übergang wenigstens ein paar Taler, bis ich einen Job gefunden oder einige Bilder verkauft habe.

Mein Handy tanzt auf dem Tisch herum und reißt mich aus meinen Überlegungen. Gestern habe ich es auf Vibrieren gestellt, um mögliche

Anrufe von Daniel oder Leon leichter zu ignorieren. Ich schaue aufs Display und sehe eine Telefonnummer, die ich nicht kenne. Also wage ich es, das Gespräch anzunehmen.

„Hallo?", frage ich ängstlich in den Hörer hinein, es könnte sich um meinen Ehegatten oder Leon handeln.

„Kindchen, endlich!", höre ich Max von Hoegens Stimme durch den Lautsprecher dröhnen. „Wissen Sie eigentlich, wie viel Sorgen Sie mir bereiten? Zum Glück habe ich Ihre Telefonnummer von Leo erhalten. Wo waren Sie nur? Wir haben eine Menge zu besprechen."

„Ich verstehe nicht ... Ich ...", kann ich immerhin sagen, bevor ich von Max unterbrochen werde.

„Mein liebes Kind, was gibt es da nicht zu verstehen? Ich habe eine Vernissage für kommenden Samstag organisiert. Jetzt brauche ich Ihre Werke. Alle. Wann können Sie liefern?"

„Äh ..." Ich kratze mich am Kinn und denke nach. „Max, ich habe bloß ein kleines Auto, daher kann ich Ihnen die Bilder nicht alle auf einmal vorbeibringen. Wenn es Ihnen recht ist, bekommen Sie einen Teil heute und den anderen die kommenden Tage."

„Papperlapapp", lässt er meinen Vorschlag nicht gelten. „Unsere Galerie hat einen Fuhrpark. Ich schicke einen Fahrer bei Ihnen vorbei und lasse Ihre Werke abholen. Wann ist es Ihnen recht, Kindchen?"

„In einer Stunde?", frage ich.

„Na bitte. Nun sprechen wir die gleiche Sprache. Kommen Sie doch gleich vorbei, falls Sie Zeit haben. Wir müssen das Vertragliche regeln. Ich möchte Ihre Bilder nach der Vernissage in meinen Galerien ausstellen."

„Das ist ja wunderbar!", freue ich mich. „Danke, Max, das werde ich."

Ich gebe ihm die Adresse durch und beende kurz darauf das Gespräch. Aufgeregt springe ich auf und renne ins Badezimmer. So kann ich das Haus unmöglich verlassen. Ich brauche eine Dusche und eine Runderneuerung. Um den Kopf herum sehe ich aus wie ein Gebüsch. Von meinem Gesicht gar nicht zu sprechen. Heute werde ich etwas Farbe auf die Wangen tünchen. Ich bin blass wie ein Laken.

Schnell erledige ich das Nötige und betrachte mich nach der Auffrischungskur im Spiegel. Gut gemacht, Leonie. So bin ich straßentauglich.

Gegen zwölf Uhr erreiche ich die Galerie. Der Fahrer ist bereits vor mir eingetroffen und hat meine Werke im Foyer abgestellt. Max sieht mich zur Tür hereinkommen und läuft mit ausgebreiteten Armen auf mich zu.

„Leonie, mein empfindsamer Schmetterling! Da sind Sie ja! Tun Sie mir das nie wieder an, hören Sie, Kindchen? Weglaufen ist kein Ausweg. Niemals! Schreiben Sie sich das hinter die Ohren!"

„Das werde ich", sage ich beschämt. „Tut mir sehr leid."

Er zieht mich am Arm in sein Büro. Dort liegt der Vertrag auf dem Tisch, den er offensichtlich schon vorbereitet hat.

„Das hoffe ich, Kindchen, das hoffe ich. Sehen Sie zu, dass Sie Ihr Privatleben in den Griff bekommen. Eine Künstlerin braucht einen klaren Kopf."

Der Zwerg rückt mir einen Stuhl vor seinem Schreibtisch zurecht, auf den ich mich setze, und bleibt neben mir stehen. Sein runder Bauch baut sich vor mir auf und nimmt mir die Sicht. Ich hebe meinen Kopf, um Max anzusehen.

„Wie meinen Sie das?", frage ich erschrocken und hoffe, dass Leon ihm nichts über uns verraten hat.

„Ich bin nicht auf den Kopf gefallen, Liebes. Leo ist einsilbig wie ein leeres Blatt Papier. Mehr als deine Telefonnummer war nicht aus ihm herauszubekommen. Ich weiß nicht, was ihr für ein Problem miteinander habt. Aber regelt es!"

Ich nicke bloß und schaue auf den Vertrag, den er mir rüberschiebt. Max zieht sich einen Stuhl heran und setzt sich neben mich. Meine Augen werden wässerig. Mist! Leon hat sich Max gegenüber bedeckt gehalten. Darüber bin ich sehr froh. Dass er aber bedrückt auf ihn gewirkt hat, wundert mich und macht mich traurig. Hat er womöglich doch mehr Gefühle investiert in unsere Affäre? Würde ich nicht unter dieser verfluchten Unsicherheit leiden, hätte ich längst eine Antwort auf diese Frage.

Max hat meine Schwermut bereits bemerkt und tätschelt mir den Rücken.

„Das wird schon wieder, Kindchen", sagt er, als er eine Träne auf die Tischplatte fallen sieht.

„Da bin ich sicher", sage ich und straffe die Schultern. „Lassen Sie uns zum Geschäftlichen kommen."

20

„Wo ist meine Wimperntusche?", rufe ich Elli angespannt aus dem Badezimmer zu. Ich tänzle in meiner Abendrobe von links nach rechts, um meine Nervosität abzuschütteln. Es ist Samstag, der Tag, an dem sich herausstellen wird, ob die Kunstwelt schon bereit für meine Bilder ist oder ich bereit bin für die Kunstwelt.

„Nimm meinen!", schallt es aus Ellis Schlafzimmer zurück.

Ich trage heute ein schulterfreies rotes Cocktailkleid, das nur mit zwei dünnen Trägern gesichert ist und so eng sitzt, dass es jede Kontur meines Körpers offenbart. Meiner Meinung nach ist es zu gewagt, aber Elli hat darauf bestanden, dass ich es anziehe. Sie findet, dass ich genauso glänzen soll wie meine Werke. Dabei bin ich mir unsicher, ob ich oder meine Bilder zum Glänzen fähig sind. Da haben wir wieder mein Problem: Meine Selbstsicherheit liegt tief vergraben in meinem Geist und findet nicht den Weg an die Oberfläche.

Meine nussbraunen Haare habe ich mit einer Haarspange hochgesteckt und pinsle nun meine Augen an und hoffe, nichts dabei falsch zu machen. Wann brezle ich mich mal derart auf? Als ich fertig bin, führe ich Elli das Ergebnis vor. Sie legt einen wohlwollenden Gesichtsausdruck auf und scheint mit meiner Arbeit zufrieden zu sein.

„Du bist der Wahnsinn!", lobt sie mich, was mich zu einem Lächeln verlockt.

„Danke", sage ich froh über ihr Urteil. „Wir sollten jetzt aber losfahren. Max kann Unpünktlichkeit nicht leiden."

„Dann wollen wir den kleinen dicken Mann mal nicht unnötig aufregen", witzelt Elli und schnappt sich ihre Handtasche.

Um achtzehn Uhr erreichen wir die Fabrikhalle, die Leon nun Max für die Ausstellung vermietet hat. Auf unseren Highheels tippeln wir über das grobe Gitter vor den Treppen zum Eingang und laufen Gefahr, in den Löchern stecken zu bleiben. Elli schafft es vor mir über das Hindernis. Ich laufe mich fest. Mein Absatz hat sich in eine Lücke gebohrt. Ich sehe zu meiner Freundin und möchte sie um Hilfe bitten. Aber sie ist beschäftigt, weilt mitten im Gespräch mit einem Kerl, der wie aus dem Nichts erschienen ist. Er ist adrett gekleidet und von seiner Erscheinung her zu urteilen ein Spitzenverdiener. Ich erkenne es an seinen Designerschuhen.

„Danke, Elli", sage ich laut und ärgere mich darüber, wie schnell sie ihr Gelübde, nie mehr etwas mit einem reichen Mann anzufangen, vergessen hat. Ich bücke mich und rüttele verzweifelt an meinem Schuh.

„Warte, ich helfe dir", höre ich Leons Stimme neben mir, der sich hierhergezaubert haben muss. Eben noch dachte ich, alleine zu sein, da Elli sich untergehakt und mit dem Kauz Richtung Eingang davongemacht hat.

„Leon!", erstarre ich und verfolge herzklopfend, wie er meinen Schuh mit einem Griff vom Gitter löst und ihn mir reicht.

„Schön, dich zu sehen", sagt er mit bekümmerter Miene. Ich stülpe mir den Schuh über und kann nicht glauben, dass Leon mir gegenübersteht. „Schade, dass du vor mir weggelaufen bist. Ich hätte dir noch viel zu sagen gehabt", gibt er zu verstehen und weist den Weg zum Eingang. „Wollen wir?"

Ich nicke wortlos und gehe vor. Kaum haben wir die Tür durchschritten, kommt Max heran und begrüßt mich mit einem Kuss auf die Wange.

„Leonie, wie schön. Kommen Sie, ich stelle Sie ein paar Leuten vor", sagt er und zieht mich ins Getümmel. Leon bleibt zurück und verschwindet aus meinem Gesichtsfeld. Ich werde von Max hin und her gereicht. Überall muss ich Hände schütteln und Smalltalk halten. Die vielen Gäste überwältigen mich. Max hat fabelhafte Arbeit geleistet und die Halle vollbekommen. Neben mir stellen zwei weitere Maler ihre Bilder aus, deren Bekanntschaft ich zwischendurch machen darf. Doch auch mit ihnen bleibt kaum Zeit für eine längere Unterhaltung, da schon die nächsten Interessenten bei mir stehen und mich über meine Kunstwerke befragen wollen. Ich komme nicht mal dazu, mir eine Kleinigkeit vom Buffet zu nehmen, da ich rund um die Uhr belagert werde.

Gegen dreiundzwanzig Uhr neigt sich die Veranstaltung dem Ende zu und ich bin erschöpft von den vielen Gesprächen, die ich mit mir fremden Personen führen musste. Elli ist verschwunden, auch von Leon habe ich nichts mehr gesehen. Max kommt mir mit einem Scheck entgegen und wedelt damit vor meiner Nase herum.

„Leonie, Sie begabtes kleines Zuckerschnäuzchen. Hier haben Sie einen Vorschuss von mir. Wissen Sie eigentlich, wie viele Kunstwerke ich allein von *Ihnen* heute verkaufen konnte? Sie werden es mir nicht glauben. Mehr als die Hälfte! Sie sind eine Goldgrube, Kindchen. Das habe ich sofort gesehen."

Ich bin platt, als ich das höre. Zum ersten Mal in meinem Leben habe ich etwas erreicht. Meine Kunst findet Anklang und scheint den Menschen zu gefallen. Das habe ich alles Leon zu verdanken. Ohne ihn wäre ich doch niemals so weit gekommen.

„Das ist toll!", rufe ich aus und bin froh, den Abend so erfolgreich überstanden zu haben. „Danke, Max. Vielen Dank!" Ich lege meine Arme um ihn und drücke ihn kräftig an mich.

„Sie haben es sich verdient, Kindchen. Und jetzt gehen Sie nach Hause. Malen Sie, Liebes. Wir brauchen Nachschub", grinst er übers ganze Gesicht.

„Das werde ich. Gute Nacht."

Als ich vor der Fabrik auf dem Parkplatz stehe, überlege ich, wie ich wegkomme. Elli hat mich zurückgelassen und wir sind mit ihrem Auto hier aufgeschlagen. Toll! Ich hätte mir ja denken können, dass so etwas passiert. Sobald sie mit einem Mann ins Gespräch kommt, vergisst sie ihren eigenen Namen. Womöglich hat sie den Kerl abgeschleppt und denkt, ich könnte für mich allein sorgen. Also greife ich zu meinem Handy, um mir ein Taxi zu rufen.

„Benötigst du eine Mitfahrgelegenheit?", fragt mich Leon, der plötzlich hinter mir steht und sich scheinbar hergebeamt hat.

„Danke, aber ich will mir gerade ein Taxi rufen", lehne ich sein Angebot ab und tippe schon auf Wählen.

„Das brauchst du nicht, Leonie", gibt er zu verstehen und löst mir das Smartphone aus der Hand. Er drückt das Gespräch weg und reicht mir mein Eigentum zurück. „Komm, ich fahr dich nach Hause."

Er schiebt mich voran zu seinem Wagen, den er mit der Fernbedienung von Weitem öffnet.

„Bist du heute nicht mit deinem Sportcabrio unterwegs?", frage ich ein wenig bissig.

„Würde dir das gefallen?", entgegnet er.

„Du weißt, dass ich die Kutsche nicht leiden kann."

„Ja, das habe ich nicht vergessen, Leonie. Darum ist sie auch verkauft."

Perplex halte ich an und ziehe Leon am Arm zurück. Ich suche seine Augen in der Dunkelheit und strecke mich, um in sein Gesicht sehen zu können.

„Das hast du?", kann ich es kaum glauben.

„Ja, das habe ich."

„Aber warum hast du das getan? Das Cabrio war dir doch wichtig."

Leon führt mich am Arm voran zu seinem Auto.

„Nein, das war es nicht", verdeutlicht er und öffnet die Beifahrertür. „Vielleicht sollten wir noch mal ein Gespräch darüber führen, was mir wirklich wichtig ist, Leonie. Wir haben ein wenig Klärungsbedarf, findest du nicht auch?"

Ich setze mich in den Wagen und antworte nicht. Leon lässt die Tür zufallen und steigt auf der anderen Seite ein. Als er auf der Fahrerseite Platz genommen hat, wendet er sich mir zu.

„Wärst du bereit, mit mir zu reden?", fragt er mich und fährt sich unsicher über sein stoppeliges Haar. „Ich würde dir gern etwas zeigen."

Ich schaue ihn an und frage mich, ob es klug wäre, mit ihm zu gehen. Wahrscheinlich will er mich nur einlullen, um erneut seine Verführungstaktiken bei mir anzuwenden. Solange, bis er sein Interesse an mir verliert und zu seiner Pechmarie zurückwill.

„Ich bin mir nicht sicher, ob das eine gute Idee ist, Leon."

Er atmet schwer durch und senkt den Kopf.

„Bitte", gibt er nicht auf und sieht mich wieder an. „Wenn es dich nicht überzeugt, fahre ich dich nach Hause. Das versichere ich dir."

„So wie du mich von Timmendorf aus zurückgefahren hast?", frage ich im vorwurfsvollen Ton.

„Ich weiß. Das hätte ich tun sollen. Entschuldige", gibt er sich einsichtig.

„Ja, das wäre das Beste für uns beide gewesen", mache ich klar. Ich richte meinen Blick nach vorne und lehne mich im Sitz zurück. „Dann zeige mir, was du mir zeigen willst."

Leon erwidert nichts und startet den Wagen. Schwungvoll setzt er aus der Parklücke zurück und fährt danach vom Parkplatz der Fabrik. Er scheint es plötzlich eilig zu haben. Wahrscheinlich hat er Angst, ich könnte es mir anders überlegen. Auf der Ausfahrt biegt er links ab Richtung Innenstadt. Jetzt bin ich gespannt, wohin er mich bringen wird. Hoffentlich nicht noch mal an die Ostsee. Ich möchte nicht mehr in dieses Ferienhaus. Nie wieder!

21

Eine halbe Stunde später fährt Leon in die Hafencity ein. Ich verdrehe die Augen und hoffe nicht, dass er beabsichtigt, mir zu zeigen, wie exquisit er in Hamburg lebt. Er lenkt den Wagen in eine Tiefgarage unter einem Appartementhaus und mir schwant, dass sich meine Befürchtungen gerade bestätigen. Als er den Audi auf einer nummerierten Parkfläche zum Stehen bringt, schaltet er den Motor aus und biegt sich zu mir herum.

„Wir sind da", kündigt er an.

„Das habe ich mir schon gedacht", mache ich meine Missstimmung mit einem spitzen Ton deutlich.

Leon reagiert nicht darauf und steigt aus. Ich tue das Gleiche und ziehe danach mein Kleid wieder über die Knie. Der Stoff hat sich durch meine Bewegungen verselbstständigt und ist nach oben gerutscht.

„Kann ich helfen?", fragt er mit erheiterter Miene.

„Danke, aber das krieg ich schon alleine hin."

„Na dann ... hier entlang", weist er mir den Weg. Wir kommen an einen Fahrstuhl. Leon drückt den Knopf und wir stehen stumm vor dem Aufzug und sehen auf die Etagenanzeige. Als sich die Türen öffnen, steige ich vor ihm ein und verschränke die Arme. Ich hätte nicht mitfahren sollen, das hätte ich nicht! Was tue ich hier? Leon gibt einen Code ins Tastenfeld ein und der Lift reagiert, indem er nach oben fährt. Verbohrt starre ich woanders hin. Bloß nicht in Leons Augen sehen, das könnte meine Entschlossenheit, ihn hassen zu wollen, bröckeln lassen. In der obersten Etage kommt der Aufzug zum Stehen und öffnet die Pforten. Ich staune, dass er uns direkt in ein Appartement gebracht hat und wir kein Treppenhaus durchqueren müssen.

„Bitte", sagt er und führt mich am Ellenbogen in sein Luxusquartier. „Tritt ein."

Das Licht schaltet sich von selbst an. Es bleibt auf gedämpfter Stufe, gibt gerade so viel von der Umgebung preis wie nötig.

„Hier wohnst du also", habe ich mich entschieden, wieder zu sprechen. Ich sehe mich um und finde eine tolle Einrichtung vor, die ebenso viel Wohlbehagen ausstrahlt wie die im Ferienhaus. „Schön hast du's." Ich gehe zum Fenster und blicke auf eine große Dachterrasse. Von hier oben aus hat man einen erstklassigen Blick auf die Elbe und ich kann mir vorstellen, dass Leon sich in der Wohnung wohlfühlt. Für mich wäre das jedoch nichts.

„Das meinst du doch nicht ernst", lässt er durchblicken, dass er mich inzwischen besser kennt, als ich dachte. „Dich könnte ich vielleicht mit einer Holzhütte auf einer Bergwiese beeindrucken, aber nicht mit einer Luxusherberge."

Ich muss grinsen und blicke weiter in die Nacht. Wie Recht er hat.

„Du hast mich durchschaut", gebe ich zu und genieße die Ruhe hier oben. Der Abend war anstrengend, hat eine Menge meiner Energie gefordert. Es ist schön, einfach nur Stille zu hören. Die Fenster müssen schallisoliert sein.

„Was willst du mir nun zeigen?", frage ich und drehe mich vom Fenster weg, um Leon in der offenen Küche auszumachen. Er öffnet eine Schranktür und greift nach zwei Gläsern. Als er sie auf der Arbeitsplatte abgestellt hat, hält er inne und überlegt.

„Gib uns einen Moment, Leonie – einen Augenblick, der nur uns gehört, ja? Ich verspreche dir, du wirst alles erfahren."

Ich kratze mich am Kinn und lasse seine Worte in mir nachwirken. Was bezweckt er mit all dem? Will er sehen, wie schnell ich einknicke, mich ihm wieder zuwende? Dann hat er leichtes Spiel mit mir, denn ich bin schon dabei, meine Vorsätze über Bord zu werfen. Mit ihm hier allein zu sein, belebt mich, lässt Gefühle in mir hochschwappen, die ich nicht gründlich genug verscharrt habe. Ich kann mich nicht auf mich selbst verlassen. An meiner Charakterstärke muss ich dringend arbeiten. Ich drehe mich um und erneuere meine Eindrücke, die ich bei diesem Ausblick in die Ferne gewinne.

„Möchtest du etwas trinken?", fragt Leon und öffnet den Kühlschrank. Ich sehe nicht hin, starre weiter zu den Lichtern in der Dunkelheit.

„Ja", antworte ich. „Etwas Kaltes. Es ist so warm."

Ich höre, wie Eiswürfel in ein Glas fallen und mit einem Getränk vermischt werden. Kurz darauf vernehme ich Leons Schritte, die näher kommen. Er bleibt hinter mir stehen und streicht mit dem kalten Glas über meine unbedeckten Schulterblätter. Ich zucke zusammen und ziehe den Sauerstoff tief in meine Lungen, um nicht aufzuschreien. Die Abkühlung tut gut, aber Leon sollte damit aufhören. Was er tut, erregt mich, erweckt die unzulänglich vergrabene Leidenschaft für ihn erneut. Ich lasse meinen Kopf in den Nacken fallen und schließe die Augen.

„Hör auf", sage ich, obgleich ich mir wünsche, dass er weitermacht. Herrgott, Leonie, bist du verrückt geworden? Kaum bist du ein paar Minuten mit Leon allein, wirst du rollig wie eine Katze. Wieso bist du wirklich hier? Wolltest du ihn nicht aus deiner Erinnerung streichen? – Eigentlich schon. – Na bitte, dann nimm die Beine in die Hand und laufe weg! Oder willst du, dass er dir das Herz bricht? – Nein, will ich nicht. – Und worauf wartest du? – Sei still, ich muss überlegen!

Leon scheint meinen inneren Kampf zu bemerken und lässt sich durch meine Aufforderung nicht beirren. Will er meine Unentschiedenheit etwa ausnutzen?

Er zieht die Spaghettiträger meines Kleides beiseite und küsst sich von meinen Schultern zum Nacken hinauf.

„Leon, nicht", beschwöre ich ihn und kippe meinen Kopf zur Seite, damit er sich an meinem Hals festbeißen kann. Er nagt sich bis zu meinen Ohrläppchen empor und flüstert mir etwas zu.

„Verlass mich nicht noch einmal, Leonie. Bleib bei mir", fleht er mich beinahe an und übersieht dabei völlig, dass wir nie zusammen waren, ich ihn somit auch nicht verlassen konnte. Ich bin lediglich mitgefahren, um mir von ihm etwas zeigen zu lassen, das ich bisher nicht zu Gesicht bekommen habe. Aber wahrscheinlich war es nur ein mieser Trick, mich in seine Fänge zu bekommen. Und da bin ich nun, wehrlos und gefügig!

Ich sage nichts darauf, nehme bloß noch seine Liebkosungen wahr und gebe mich seiner Eigenmächtigkeit hin. Dabei wollte ich doch standhaft bleiben.

Seine linke Hand öffnet den Reißverschluss meines Kleides und mit der rechten lässt er das kalte Glas über meinen entblößten Rücken gleiten. Ich schrecke nach vorne, um der Kälte zu entrinnen. Leon zieht mich sanft zurück und drückt mich gegen das Glas, will, dass mich die anregende Kühle aufstöhnen lässt. Ich stoße einen Seufzer aus, möchte, dass er aufhört, mich zu quälen. Stattdessen zieht er am Kleid, sodass es zu Boden fällt. Jetzt stehe ich mit Highheels in einem Slip am Fenster vor einer einzigartigen Kulisse. Die Elbe unter mir und der dunkle Horizont vor mir, der durch bunte Lichter verziert wird. Endlich stellt Leon das Glas beiseite. Nun aber streicht er mit einem Eiswürfel meine Schultern hinab, bis er meine Brustwarzen erreicht hat. Ich bebe vor Erregung, als er sie zärtlich umkreist. Wassertropfen fallen ab und laufen meinen Bauch hinab.

„Bitte, Leon, lass mich gehen", versuche ich ein weiteres Mal meinen verhaltenen Willen zu demonstrieren. Doch ich bin ihm längst ausgeliefert.

„Ja", haucht er mir ins Ohr und lässt den Eiswürfel fallen. Er dreht mich zu sich herum und packt mich in den Hüften. „Später", fügt er an und nimmt Schwung, um mich in seinen Arm zu holen. Ich lasse es geschehen und umschlinge ihn mit meinen Beinen. Sich seiner Sache sicher, geht er mit mir zu einer ausladenden Wohnlandschaft, die der Spielwiese im Ferienhaus ähnelt. Dort legt er mich ab und schiebt uns beide auf der großen Fläche zurecht.

Leonie, noch kannst du nein sagen und gehen. – Ja, nachher. – Du wirst es bereuen. – Schon möglich, aber jetzt kann ich nicht anders.

Ich lasse mir von Leon den Slip ausziehen und erlaube ihm, sich zwischen meine Beine zu legen. Mit seinem Mund arbeitet er sich an meinen Oberschenkeln herauf und findet meine empfindliche Stelle. Seine Zunge beginnt ein lustvolles Spiel und lässt mich aufkeuchen. Ich werde wahnsinnig und strecke ihm meinen Unterleib entgegen in der Hoffnung auf baldige Erlösung. Er lässt sich nicht bitten und gibt mir, wonach ich verlange. Es dauert nicht lange und ich fühle die Hitze in mir hochkriechen, die sich zu einem Flammenmeer entfaltet. Ein Stromschlag ereilt mich und fegt durch meinen Körper. Ich bäume mich ein letztes Mal auf und genieße die Befreiung. Ich bin erstaunt, wie schnell alles vorbei ist.

Leon erhebt sich und knöpft sein Oberhemd auf, um es abzustreifen. Seinen Gürtel öffnet er langsam, als würde er das Unvermeidliche länger hinauszögern wollen. Er zieht die Hose aus und lässt sie auf den Boden fallen. Nackt wie Gott ihn schuf, begibt er sich zu mir und legt sich behutsam über mich.

„Leonie, ich will dich ganz. Gib dich mir hin und lass dich fallen", verlangt er von mir und begibt sich in Position. Mühelos gleitet er in mich und schiebt seinen Schaft weit in mich hinein. Mir entfährt ein leiser Lustschrei, den ich nicht zurückhalten kann. „Ja, so ist es gut", findet Leon an meiner abgelegten Scheu gefallen. Er bewegt sich gemächlich in mir und bringt uns sachte dem Unabwendbaren näher. Mit jedem Stoß steigert er sein Tempo, lässt seinen schweren Atem auf mich nieder. Bald glaube ich, mich nicht mehr beherrschen zu können, befürchte, innerlich zu zerspringen. Leon bemerkt es und passt sich mir an, führt mich stoßweise dem Höhepunkt entgegen, bis mich ein inneres Beben auflodern lässt und zur Explosion treibt.

„Jetzt!", rufe ich und schreie meine gesamte Energie aus mir heraus. Leon stöhnt ebenfalls laut auf und kommt fast zur selben Zeit. Erlöst fällt er in sich zusammen und küsst mein Ohr.

„Das war unglaublich, Leonie", flüstert er mir zu. „*Du* bist unglaublich."

Er rollt sich von mir herunter und schmiegt sich an mich. Ich liege unverändert da und stiere an die holzvertäfelte Decke. Es braucht einen Moment, bis ich verstehe, was ich gerade getan habe. Ich habe mich ihm ergeben, bin auf seine Verführungskünste reingefallen. Selbst in Daniels Nähe habe ich mich niemals so schwach gefühlt wie jetzt, so verletzlich und ausgenutzt. Ich bin so ein dummes, naives Schaf! Leon wird triumphieren. Er hat es geschafft, mich von meinem Entschluss abzubringen, mich von ihm fernzuhalten.

„Ich muss gehen", sage ich plötzlich und richte mich auf.

„Waas? Nein", entgegnet er alarmiert und hält mich am Arm fest. „Bitte bleib."

Ich entziehe mich ihm und greife nach meinem Slip auf dem Boden, um ihn mir überzustreifen.

„Ich werde mir ein Taxi rufen und du wirst mich nicht daran hindern. Nicht noch einmal!", warne ich ihn und gehe zu meinem Kleid, um es aufzuheben. Ich schlüpfe hinein und verrenke mich. Allein bekomme ich den Reißverschluss nicht zu.

„Aber warum denn, Leonie? Verrate mir, was ich dir getan habe?" Leon klettert von der Couch und greift nach seiner Hose. Eilig springt er hinein und lässt den Gürtel offen. Sofort jagt er zu mir herüber und nimmt mich bei den Oberarmen. „Lass uns reden! So dürfen wir nicht auseinandergehen – nicht schon wieder!"

„Du hattest Zeit genug, mit mir zu reden, Leon. Stattdessen fällt dir nichts anderes ein, als mich erneut in Versuchung zu führen. Und ich bin so blöd und falle von Neuem auf dich rein. Ich könnte mich ohrfeigen dafür!"

Hysterisch mühe ich mich damit ab, das Kleid zuzubekommen und hüpfe herum wie ein Springball. Es gelingt mir nicht und ich lasse meine erlahmten Arme hängen.

„Du denkst, du wärst auf mich reingefallen? Leonie, wovon redest du eigentlich? Ich war zu jeder Zeit ehrlich zu dir, habe dir nichts vorgemacht."

Ich laufe auf und ab, will meinen Ärger abstreifen. Zum logischen Denken bin ich nicht mehr fähig.

„Das musst du ja jetzt sagen, um besser dazustehen. Dabei warst du wohl von Anfang an bloß auf das Eine aus."

„Nein, das war ich nicht. Wie kommst du nur darauf?"

Ich bleibe stehen und gehe zu ihm. Am liebsten würde ich ihm für seine Lügen eins überbraten. Er spielt sein Spiel gut, dass muss ich ihm lassen.

„Frag doch deine Exfreundin, wie ich darauf komme", gebe ich zum Besten.

„Marie? Was hat sie damit zu tun?"

„Sie hat mir erzählt, wie oft du Frauen in deinem Ferienhaus empfängst."

Leon schlägt sich mit der Hand an den Kopf.

„Nun wird mir einiges klar", kommt ihm eine Erleuchtung. „Marie hat dich so verunsichert. Sie hat dir irgendwelchen Müll erzählt, damit du dich von mir entfernst."

„War ja klar, dass du alles abstreitest", sage ich enttäuscht und gehe in die Küche, um mich auf die Arbeitsfläche zu setzen. Mit einem Satz springe ich hoch und platziere mich so, dass ich einen guten Blick auf Leon behalte. Meine Beine ziehe ich an meinen Körper und umwickle sie mit meinen Armen. Jetzt sitze ich da wie ein Kleinkind, das gerade seinen Lolli abgeben musste.

„Ich habe ein paar Mal eine Frau mit dorthin genommen, ja. Doch mit keiner hatte ich was. Und selbst wenn ... das wäre Vergangenheit, nicht wahr?"

Das lässt sich nicht abstreiten. Auf Vergangenes kann ich nicht eifersüchtig sein. Bin ich auch nicht.

„Aber es ist ein Indiz dafür, dass du es mit Frauen nicht ernst meinen kannst."

„Was hat dir Marie noch erzählt, Leonie? Habe ich dir einmal das Gefühl gegeben, es nicht ernst mit dir zu meinen?"

Ich stütze meinen Kopf auf den Knien ab und blicke auf unser Wochenende zurück.

„Nein, du warst recht manierlich."

Augenscheinlich.

„Fein", meint sich Leon im Recht. „Und warum glaubst du jetzt, ich wollte dich bloß benutzen?"

„Marie hat mir erklärt, dass es deine Masche ist, Frauen nicht selbst in Verlockung zu führen. Du nimmst dich geschickt zurück und sorgst mit raffinierter Kommunikation dafür, dass sie sich dir an den Hals werfen. Und genauso lief es bei uns ab."

Leon hebt seine Hände in die Luft, um sie danach hilflos fallen zu lassen.

„Da hat sie dir ja einen schönen Floh ins Ohr gesetzt."

Er kommt zu mir in die offene Küche und zieht sich einen Hocker ran, auf den er sich seitlich setzt – ein Bein auf dem Boden den anderen angewinkelt.

„Nachdem du dich ausgetobt hättest, wärst du immer zu ihr zurückgekehrt. Viermal!"

„So war es nicht, Leonie", bestreitet er meine Worte. „Ja, wir haben uns ein paar Mal getrennt und sind dann wieder zusammengekommen. Dreimal … viermal, ich weiß es nicht mehr. So etwas zähle ich nicht. Es war eine typische On-Off-Beziehung. Und ja, ich hatte ein- oder zweimal etwas mit einer anderen Frau in dieser Zeit. Es ging aber nicht gut und ich bin zu Marie zurückgekehrt, weil ich ein Esel war. Ich fühlte mich allein und habe geglaubt, sie könnte mir etwas geben, wozu sie gar nicht fähig ist. Sie hat mich ausgenutzt! Wollte mich ausschlachten wie ein altes Haus. Ich weiß, wie es sich anfühlt, wirklich benutzt zu werden, das kannst du mir glauben." Mit einem Satz erhebt er sich vom Hocker und nähert sich mir. Er legt seine Hände auf meine, die nun auf meinen Knien ruhen. „Aber ich wollte dich niemals für irgendwelche Zwecke missbrauchen, das ist die Wahrheit."

„Und Marie? Sie ist doch deine Anlaufstelle, wenn die Dinge nicht so laufen in deinem Leben."

„Das war einmal so, ja. Aber das ist vorbei."

„Was macht dich da so sicher?", will ich wissen und rücke etwas von ihm ab.

„Ich weiß es einfach", gibt er vor und überzeugt mich nicht. „Irgendwann kommst du an einen Punkt, wo du dir absolut sicher bist. Leonie, das musst du mir glauben, ich bin längst über sie hinweg. Ich gebe zu, es hat seine Zeit gedauert, bis ich erkannt habe, welche Absichten sie tatsächlich verfolgt. Vielleicht wollte ich auch nicht sehen, was anderen längst aufgefallen war: nämlich, dass sie lediglich auf meine Kreditkarten scharf war."

„Auf dem Ohr sind Männer ja grundsätzlich taub", sage ich abschätzig und hüpfe von der Küchenplatte. „Sobald euch eine Frau schöne Augen macht, schaltet ihr euer Hirn aus und lasst euch beliebig manipulieren."

Ich gehe zum Fahrstuhl und bleibe davor stehen. Leon folgt mir und zieht mich an der Schulter zurück.

„So denkst du also über mich? Glaubst du, ich kann nicht zwischen Falsch und Richtig unterscheiden?", fragt er gekränkt.

„Kannst du es denn?", erwidere ich interessiert. „Man kann sich doch nicht trennen, weil man sich ausgenutzt fühlt und den Fehler viermal wiederholen."

Er verharrt in seiner Haltung und sieht mir zerstreut ins Gesicht. Ich erkenne deutlich, wie sein Denkapparat zu arbeiten beginnt, weil ich etwas gesagt habe, das ihn aufrüttelt.

„Ja, ich gebe zu, mein vergangenes Verhalten schafft nicht gerade Vertrauen", erkennt er meinen Vorwurf an. „Und wie kann ich dich jetzt davon überzeugen, dass Marie keine Rolle mehr spielt und du alles bist, was ich will?"

Ich antworte nicht sofort, gebe mir die Zeit, die ich benötige, um die Situation zu beurteilen. Mein Herz schlägt für Leon, meine Zellen sind auf ihn programmiert. Ich kann mir nichts Schöneres vorstellen, als morgen früh in seinen Armen aufzuwachen und in sein makelloses Gesicht zu sehen. Aber wie lange könnte ich hoffen, dass er bei mir bleibt, daran glauben, dass ich wirklich alles bin, was er will? Bis er sich entscheidet, das fünfte Mal zu Marie zurückzukehren, weil sie ihn steuert wie eine Marionette? Solange er ein Mann mit Macht und Einfluss ist, der sich mit teuren Autos und Immobilien umgibt, wird sie ihn mir niemals überlassen.

„Das kannst du nicht", antworte ich und vernehme seine freudlose Miene.

22

Am folgenden Morgen wache ich mit Kopfschmerzen in Ellis Gästebett auf. Nachdem ich Leons Wohnung gestern Nacht verlassen habe, ließ ich mich mit einem Taxi zu einer Bar bringen, in der ich mich sinnlos betrunken habe. So etwas Abgefahrenes habe ich noch nie getan. Ich habe einen Cocktail nach dem anderen bestellt und mit ein paar Männern geflirtet. Zwei haben mir ihre Telefonnummer zugesteckt. Das war sehr befreiend, mal so zu tun, als wäre man Freiwild. Dabei bin ich eine verheiratete betrogene Frau mit einem Liebhaber. Beide sind nun meine Verflossenen, und das finde ich furchtbar komisch. Hahaha!

Ich fasse mir an den Kopf und suche in Ellis Badezimmer eine Kopfschmerztablette. Dabei wühle ich ziellos alle Fächer durch und werde nicht fündig. Plötzlich wird die Tür von außen geöffnet und ein nackter Mann steht mir gegenüber. Ich bleibe eingefroren in meiner Position stehen – ebenso der Eindringling. Meine Augen wandern von seinen Füßen zu seinem Mittelstück und leider kann ich meinen Blick von dieser Stelle nicht mehr lösen, da sie von ihrer Morgensteifigkeit betroffen ist.

„Guten Morgen", sagt der Fremdling und geht in die Hocke, um meine Augen auf sein Gesicht zu lenken. „Falls du hier fertig bist, würde ich gern pinkeln", klärt er mich auf.

„Wow!", entfährt es mir. „Klar, ich bin fertig. Ich meine, wenn du damit pinkeln kannst … bitte", sage ich und zeige zur Kloschüssel.

„Danke, das wird schon gehen", gibt er vor und grinst amüsiert.

„Na, dann viel Erfolg", sage ich und schlängele mich vorsichtig an ihm vorbei, um ihm nicht zu nahe zu kommen. Prompt spurte ich in Ellis Schlafzimmer und sehe sie grienend auf der Bettkante sitzen.

„Was ist das?", frage ich sie und zeige zum Badezimmer. „Ist er von Beruf Schranke?"

„Nein, er sitzt im Vorstand eines Softwareunternehmens."

„Verstehe, darunter machst du's anscheinend nicht. Na, wenigstens ist er gut bestückt. Und was ist mit den Waldarbeitern? Hast du die bereits aus den Augen verloren?"

„Hä, wovon redest du? Hast du ihn dir mal genauer angesehen?"

„War leider nicht zu verhindern."

„Mehr muss ich wohl nicht sagen", gibt sie zu verstehen, dass das Thema für sie beendet ist. „Und wie lief die Ausstellung?", fragt sie, um von sich abzulenken.

„Prima. Ich habe die Hälfte meiner Bilder verkauft."

„Oh, Leonie, ich freu mich so für dich. Gratuliere!"

Sie steht auf und umarmt mich in ihrem zarten Negligé.

„Danke", sage ich und drücke sie wieder von mir weg. „Zieh dir erst mal etwas an, sonst glaube ich noch, wir haben was miteinander."

Sie lacht unbekümmert und ich beneide sie für ihre Lässigkeit. Könnte ich doch sein wie Elli. Dann müsste ich nicht dauernd diesen selbst fabrizierten Gefühlsstress durchleben.

„Ach, wo hast du deine Kopfschmerztabletten, Elli? Ich sterbe, wenn ich nicht eine Handvoll davon einwerfe."

„In der Küche! Die oberste Schublade unter der Vitrine!", ruft sie mir zu, nachdem sie in den Schrank geklettert ist, um sich ein paar passende Klamotten für den Tag herauszusuchen.

Am frühen Nachmittag ist Elli mit ihrem Lover verschwunden und ich bin allein. Ich sitze im Wohnzimmer mit einer Tasse Tee und meinem Laptop auf dem Schoß. Ich scrolle mich durch die Mietangebote in und um Hamburg und kann nicht glauben, wie teuer Wohnungen in dieser Stadt sind. Falls es mir jemals gelingen sollte, eine bezahlbare Bruchbude zu finden, habe ich einen Orden verdient. Es ist wirklich dreist, welche Fantasiepreise Vermieter und Makler verlangen. So haben Menschen wie ich doch niemals eine Chance – nicht mal auf eine Besenkammer.

Ich denke an Leon und frage mich, ob er mir noch einmal helfen würde. Aber wahrscheinlich will er nicht mehr mit mir reden. Deshalb verwerfe ich meine Überlegungen sofort und setze meine erfolglose Suche im Internet fort.

Eine Viertelstunde später kündigt mein Smartphone einen eingehenden Anruf an, indem es vibrierend über die Tischplatte gleitet. Gedankenversunken gehe ich ran und habe Daniel an der Strippe.

„Ha, jetzt hab ich dich!", redet er sofort drauflos. „Ich will dich nur warnen, Leonie. Wenn du nicht sofort nach Hause kommst, brauchst du nie wieder einen Fuß über unsere Türschwelle zu setzen! Habe ich mich deutlich ausgedrückt?", schallt er mir entgegen.

„Ja, Daniel, das hast du", sage ich und ärgere mich über mich selbst, ans Telefon gegangen zu sein.

„Schön. Dann verfrachte deinen Hintern ins Auto und komm her!"

„Und was soll das bringen? Nimmst du mich dann liebevoll auf und trägst mich den Rest meines Lebens auf Händen?", frage ich und lehne mich entkräftet nach hinten. Drei Sekunden mit Daniel rauben mir drei Jahre meiner Zeit.

„Ich werde dir schon zeigen, was es heißt, einfach zu verschwinden und in der Weltgeschichte herumzuhuren. Von nun an werde ich die Zügel enger nehmen. Deine Pinselei kannst du dir abschminken. Ich bin bereits dabei, das

Dachgeschoss umzubauen. Und dein Taschengeld wird solange gestrichen, bis du zu klarem Verstand zurückgefunden hast. Ich glaub, ich spinne! Du kannst doch nicht machen, was du willst!"

„Und du schon?", frage ich und nehme das Handy vom Ohr, um den Lautsprecher anzuschalten. Ich fühle mich erschöpft und kann den Arm nicht mehr anheben. Es muss an Daniel liegen, der mir die Energie schneller aussaugt, als eine gottverdammte Zecke das Blut!

„Lass deine blöden Anspielungen sein!", brüllt er wie ein Löwe über die Satellitenverbindung. Ich lege das Smartphone auf den Tisch, um Daniels Stimme zu entkommen. „Du bist diejenige, die querschießt, nicht ich, verstanden?"

„Ach so", sage ich von Weitem und wage es nicht, dem Handy wieder näher zu kommen. „Dann ist ja alles klar."

„Waas?", bellt er durch die Leitung. „Ich höre dich nicht mehr! Die Verbindung ist ja zum Kotzen!"

Ich beuge mich vor und beende das Gespräch mit einem Wisch über das Display. Was kann ich dafür, wenn der Satellit von einem Kometen getroffen wird und vom Himmel fällt. Immerhin habe ich keinen Einfluss darauf, was in der Erdumlaufbahn geschieht. Aber eines kann ich mit Sicherheit beeinflussen: Meine Zukunft. Endlich bin ich zu einer Entscheidung gelangt und beginne damit, im Internet nach einem Scheidungsanwalt zu suchen. Jetzt wird Daniel mal sehen, wie quer ich schießen kann, wenn ich will.

23

Drei Tage sind seit dem Wochenende vergangen. Wir haben Mittwoch und ich verlasse die Kanzlei meines Anwalts, den ich letzten Montag anrief. Er hat mir erklärt, was mir nach der Scheidung zusteht. Nach fast zwanzig Jahren Beziehung und siebzehn Jahren Ehe hätte ich einen finanziellen Anspruch, der beträchtlich ausfällt. Ich möchte Daniel nichts wegnehmen, daher wird er glimpflicher davonkommen, als er es verdient. Von nun an werde ich auf eigenen Beinen stehen und meine Malerei mir das Fundament schaffen, das ich benötige für ein gutes, aber prunkloses Leben. Ich lächle befreit, denn endlich bin ich da, wo ich sein wollte. Auf einem Erfolgskurs. Schade, dass ich dieses Glück nicht mit Leon teilen kann. Ich wünschte, alles wäre anders gekommen und wir hätten einen Weg gefunden, Vertrauen aufzubauen. So bleibt mir nur eines: ihm das Bild zu schenken, an dem er großen Gefallen gefunden hatte. Ob sein Interesse daran allerdings noch besteht, weiß ich nicht. Womöglich will er es nicht mehr, möchte mir aus dem Weg gehen. Deshalb bin ich unsicher und fahre mit einem ungutem Gefühl durch die Stadt, um ihm in der Firma einen Besuch abzustatten.

Mein altes Navi leitet mich direkt vor den Eingang eines prächtigen Gebäudes, in dessen beeindruckender Glasfront sich mein Wagen spiegelt. Ich finde einen Parkplatz direkt vor dem silbernen Schild: Rosenbaum Immobilien. Kurz nachdem ich ausgestiegen bin, fangen meine Beine an zu zittern. Das haben sie auch gemacht, als ich Leon in der Cocktailbar begegnet bin. Ist es ein Zeichen, dass mein Bauch was anderes will als mein Verstand? Ich ziehe mein Kunstwerk aus dem Kofferraum, das ich mit Packpapier umwickelt habe, um es zu schützen, und betrete den gigantischen Bürokomplex. Am Empfang bleibe ich stehen und frage nach Leon Rosenbaum.

Eine Dame mittleren Alters in Kostüm und Rüschenbluse nimmt ihre Brille ab und sieht mich missfällig an.

„Bedaure, aber Herr Rosenbaum ist nicht mehr bei uns", klärt sie mich auf und bringt mich zum Wundern.

„Das verstehe ich nicht. Das ist doch seine Firma, oder nicht?"

„Sicher ist sie das – also, sie war es. Herr Rosenbaum hat die Firma verkauft und ist aus dem Unternehmen ausgestiegen. Das kam plötzlicher, als wir dachten. So viel, wie ich weiß, ist er dabei, alles zu verkaufen, auch seine persönlichen Grundstücke und Immobilien."

„Was?", frage ich und bin erschüttert, von all dem nichts zu wissen. „Haben Sie eine Ahnung, wo er momentan ist?"

„Tut mir leid, da kann ich Ihnen nicht helfen", sagt sie abschließend und wendet sich dem Telefon zu, das in diesem Augenblick zu klingeln beginnt. Sie nimmt den Hörer ab und vergisst, mit mir gesprochen zu haben, beachtet mich nicht mal mehr. Ich gehe zum Ausgang und überlege, Leon anzurufen. Als ich das Bild im Kofferraum verstaut habe, zücke ich mein Smartphone und wähle seine Mobilnummer. Eine andere habe ich nicht. Sein Telefon ist ausgeschaltet und leitet mich sofort an die Mailbox weiter. Mit einem beklemmenden Gefühl unterbreche ich die Verbindung wieder und setzte mich ins Auto. Ich gebe mir einen Moment der Besinnung, verstehe nicht, warum ich so schwermütig bin. Ich starte den Motor und fahre los – ziellos. Mir schießen gemeinsame Erinnerungen in den Kopf, die mich zu Tagträumen verführen. Mein Wagen muss auf Autopilot geschaltet sein oder wer leitet es kreuz und quer durch Hamburg? Ich versuche nachzuvollziehen, warum Leon alles der Reihe nach verkauft. Will er ein neues Leben beginnen an einem anderen Ort? Vielleicht mit einer neuen Frau? Mein Magen zieht sich zusammen bei dem Gedanken und verursacht einen gewaltigen Schmerz. Warum fühle ich jetzt so? Mir sollte es egal sein, was Leon tut, welche Wege er nunmehr einschlägt. Hätte ich ihm eine Chance geben, es auf eine Beziehung ankommen lassen sollen, die am Ende hätte scheitern können? Wer gibt einem schon eine Garantie?

Ich drücke das Gaspedal runter und fahre Richtung Hafencity, hoffe, Leon in seinem Appartement anzutreffen. Als ich mein Ziel erreiche, finde ich keinen Stellplatz und halte den Wagen im Parkverbot – direkt vor der Tür des mehrgeschossigen Wohnhauses. Ich gehe zum Eingang mit klopfendem Herzen und stehe vor der Klingel, an der ich seinen Namen suche. Ich kann ihn nicht finden, nur eine leere Tafel, deren Beschriftung erst vor Kurzem entfernt worden sein muss. Meine Aufregung wächst und ich überdenke meine nächsten Schritte. Mir kommt Max von Hoegen in den Sinn und ich entscheide, nach Eppendorf zu fahren. An der Galerie angekommen, fahre ich auf den Hinterhof und parke dort. Eilig laufe ich zum Vordereingang und flitze in den Laden.

„Ist Max im Büro?", frage ich die Angestellte hinterm Tresen, die mich genauso wenig leiden kann wie ich sie.

„Ja. Aber Sie können da nicht einfach so rein", will sie mir vermitteln, doch ich ignoriere ihre Worte und setze meinen Weg fort. Als ich seine Tür erreiche, klopfe ich kurz an und stürme im selben Augenblick seinen Raum.

„Leonie!", schaut Max von seinen Unterlagen auf und streift sich die Nickelbrille von der Nase.

„Ich habe gerade gar keine Zeit für Sie, tut mir leid."

„Es dauert nicht lange, Max. Ich brauche bloß eine Information von Ihnen", mache ich deutlich, auf dem Sprung zu sein.

„Bitte, wie kann ich Ihnen helfen?", fragt er mich und lässt seine Verwunderung durchblicken, mich unangemeldet und in Eile hier zu sehen.

„Wo ist Leon und warum weiß ich nichts davon, dass er alle Zelte abbricht?", komme ich direkt auf den Punkt.

„Kindchen, da kann ich Ihnen nicht helfen. Ich habe Leon seit der Vernissage nicht mehr gesehen."

„Aber Sie müssen doch irgendetwas erfahren haben", bettle ich ihn an, mir wenigstens eine kleine brauchbare Information mitzugeben.

„Ich weiß lediglich, dass er vorhat, sich aus dem Geschäftsleben zurückzuziehen. Wann das sein wird und was er danach plant, ist mir nicht bekannt, Liebes."

„Haben Sie eine Telefonnummer oder eine Adresse für mich?", frage ich verzweifelt, nicht mehr mit Leon sprechen zu können.

„Seine Mobilnummer haben Sie, denke ich. Und zu seinen Adressen sind Sie sicher schon gefahren."

Mir kommt das Ferienhaus in den Sinn. Da bin ich noch nicht gewesen.

„Danke, Max. Vermutlich werde ich ihn in Timmendorf antreffen", sage ich wenig überzeugt und verlasse die Galerie so schnell, wie ich sie aufgesucht habe. Jetzt will ich nur eines: Leon finden. Was ich dann tue oder sage, muss ich mir noch zurechtlegen. Ob es etwas an unserer Situation ändert, kann ich nicht sagen. Nichtsdestotrotz möchte ich verstehen, was hier los ist, und meine Gefühle begreifen, die mich gerade so bestürmen.

24

Mit Vollgas brause ich über die Autobahn, bringe den Motor meines alten Wagens an seine Leistungsgrenze. Was werde ich vorfinden, wenn ich das Anwesen an der Ostsee erreicht habe? Leon? Ein leeres Haus? Marie oder eine neue Frau? Nach siebzig Minuten komme ich an, erreiche die Villa mit rasendem Puls. Ich parke auf der Straße und steige aus, besorgt, Leon nicht anzutreffen. Ich öffne das Gartentor und gehe den verschlängelten Weg zur Eingangstür. Dort klingle ich zweimal und warte. Als nichts geschieht, betätige ich den Klingelknopf erneut. Niemand öffnet. Ich gehe ums Haus und linse durch die Fenster. Erbleicht stelle ich fest, dass die Räume leer sind. Kein einziges Möbelstück ist mehr zu sehen. Niedergeschmettert lehne ich mich gegen die Wand und schaue in den Himmel. Das Wetter ist an diesem Tag so schön wie an jenem Wochenende, als Leon und ich hier zueinandergefunden haben. Alles war so märchenhaft, bis zu jenem Moment, als seine Exfreundin alles zerstört hat – meine Illusion, ein glückliches Leben mit ihm führen zu können, von jetzt auf eben ein jähes Ende fand. Ich schließe die Augen, um mir unsere Erlebnisse ins Gedächtnis zu rufen, konzentriere mich darauf, wie seine Stimme klang. Mir wird warm ums Herz, als ich ihn vor meinem geistigen Auge sehe, sein Lächeln und seinen gewinnenden Blick. Plötzlich vernehme ich, wie ein Wagen auf dem Grundstück geparkt wird und eine Wagentür zuklappt. Ich löse mich von der Wand und gehe zurück in den Vorgarten, um nachzusehen. Betäubt bleibe ich am üppigen Rhododendronbusch stehen und kann nicht fassen, dass es Leon ist, der mit abwesender Mimik über den gebogenen Pfad zum Eingang schlurft. Dort angekommen, schließt er auf und betritt den Flur. Die Tür lässt er offen stehen, was ich ausnutze und hinterhertapse. Ich beobachte, wie er in die offene Küche geht und sich etwas vom Tresen nimmt. Es scheint sein Handy zu sein, das er vergessen haben muss. Seinem ausgeräumten Haus schenkt er keine Beachtung und geht zurück in meine Richtung. Ich positioniere mich in der Mitte der Diele und fühle das wilde Hämmern meines Pulses, meine Aufgeregtheit, ihm gleich gegenüberzustehen. Mir wird schwindelig, weil ich meine eigene Anspannung kaum mehr aushalte.

„Leonie?", kann er noch fragen, als er mich erblickt und sodann zu einem Zementklumpen aushärtet und sich keinen Millimeter mehr bewegt.

„Entschuldige, wenn ich dich so überfalle", beginnt sich mein Mund von allein zu bewegen. Von mir hat er kein Kommando erhalten, weil ich ja wieder mal nicht weiß, was ich wirklich sagen will oder sollte. „Aber ich habe dich überall gesucht. Ich war in deiner Firma, wo man mich darüber aufgeklärt hat, dass du nicht mehr der Boss bist. Dann bin ich zu deinem Appartement gefahren, was ebenfalls eine Sackgasse war. Max von Hoegen konnte mir auch nichts über deine Pläne sagen, weil er keine Ahnung hat. Also blieb mir nur eines: Hierherzukommen. Und auch hier macht alles den Eindruck, dass du dich still und heimlich aus dem Staub stehlen möchtest."

„Warum bist du hier?", fragt er, statt mir eine Erklärung für sein Verhalten zu geben.

„Na ja ..." Tja, genau! Was veranlasst mich zu meinem Handeln, führt mich dazu, ihm bis zum Timmendorfer Strand nachzujagen? „Ich ... ich wollte dir das Bild geben", drucke ich herum, statt mir über meine wahren Motive klarzuwerden. „Es ist in meinem Wagen ... draußen ..." Ich zeige mit dem Finger zur Straße.

Leon hebt seine linke Augenbraue an. Das habe ich an ihm noch nie gesehen. Ein zweifelnder Blick verheißt nichts Gutes. Wahrscheinlich bin ich gleich angehalten, eine bessere Begründung zu liefern.

„Du bist den ganzen Weg gefahren, um mir das Bild zu geben?", hört er nicht auf, Fragen zu stellen. Antworten wären mir lieber.

„Ja", murmle ich, eingeschüchtert von seinem Auftreten, das mir deutlich macht, dass er sich längst von mir losgesagt hat. Ich habe ihn zu oft verlassen, einmal zu viel das Weite gesucht, statt mich mit ihm auszusprechen. Das verstehe ich jetzt – genau in diesem Moment! Ich bin es so gewohnt, weil ich unablässig von Daniel angegriffen worden bin. Seine verbalen Attacken haben mir immer öfter zugesetzt, sodass ich keine anderen Auswege sah, als vor den Streitereien davonzulaufen.

Es ist furchtbar zu erkennen, dass man alles falsch gemacht hat und es kein Zurück mehr gibt. Ich habe Leon verloren, konnte das Glück nicht festhalten, dass mir wiederfahren ist, habe es mir durch die Finger gleiten lassen. Damit muss ich nun klarkommen.

„Tut mir leid", sage ich mit zugeschnürter Kehle. „Es war ein Fehler herzufahren. Ich weiß nicht, was ich mir dabei gedacht habe."

Wie ein Roboter drehe ich mich um und begebe mich zur Tür. Wieder mal überkommt es mich, flüchten zu wollen. Bloß diesmal wäre ein Kampf aussichtslos, nähme er mir den Rest meiner Würde, die mir noch geblieben ist.

„Das war's schon wieder, Leonie? Du willst Reißaus nehmen, wie du es gern zu tun pflegst, sobald es brenzlig wird?"

Ich bleibe stehen und wende mich Leon erneut zu.

„Ja, das will ich wohl", gebe ich zur Antwort und wundere mich über die Enttäuschung in seinem Gesicht. Kann es sein, dass gar nicht alles verloren ist, ich noch eine Gelegenheit erhalte, ihn von meiner Liebe zu überzeugen? „Wäre es dir denn wichtig, wenn ich bliebe?", frage ich in der Hoffnung, ein einfaches Ja von ihm zu hören. Stattdessen hält er sich bedeckt, gibt mir keinen einzigen Hinweis, wie er zu mir steht.

„Finde es heraus", fordert er mich auf und sieht mich abwartend an.

„Ich weiß nicht, wie", gebe ich offen meine Schwächen zu. „Hilf mir bitte dabei", flehe ich ihn an, mir ein paar Brotkrumen zuzuwerfen. Doch er bleibt zugeknöpft bis zur Halskrause. „Dein kühles Verhalten habe ich wahrscheinlich verdient", sage ich betreten und senke meinen Blick. Dabei spiele ich mit dem Wagenschlüssel, den ich die ganze Zeit in der Hand halte. „In den letzten Jahren hat mir die Beziehung zu Daniel nicht gutgetan, das weißt du ja", beginne ich zu erzählen. „Ich musste mit seelischen Verletzungen kämpfen, die er mir zugefügt hat. Bald habe ich gelernt, dass das Weglaufen mir kurzfristige Entlastung verschafft, ich seinem Wirkungskreis auf diese Weise entrinnen kann, um Kraft zu tanken, bis zum nächsten Streit. Natürlich war das kein Ausweg, es hat mich tiefer in mein Unglück hineingetrieben. Mir ist klar, dass ich mich eher hätte trennen sollen."

„Ihr seid getrennt?", unterbricht er mich und mir fällt ein, dass er ja noch annehmen muss, ich würde bei Daniel wohnen.

„Ja, ich bin ausgezogen und wohne zurzeit bei Elli."

Leon nickt und erwidert nichts darauf. Dass ich die Scheidung heute eingereicht habe, behalte ich für mich. Solche Details spielen im Moment keine Rolle.

„Entschuldige, dass ich mich durch Marie verunsichern ließ. Ich hätte sofort mit dir reden sollen, statt mich heimlich davonzumachen. Aber dann war da diese Bitte von dir, dich zu einem Geschäftsessen zu begleiten. Da haben sofort alle Alarmglocken in mir geläutet. Ich wollte das nicht mehr, Leon. Das habe ich dir schon erklärt. Und plötzlich kommst du mir damit, obwohl wir uns gerade erst kennengelernt haben. Ich bekam Panik und dachte, das Leben mit dir könnte so weitergehen wie mit Daniel."

Nun passiert es und mir fließen Tränen die Wange hinab. Bisher hatte ich mich gut unter Kontrolle, nun aber kann ich sie nicht mehr zurückhalten.

Leon hat sich aus seiner Starre gelöst und kommt zu mir herüber, um seine Arme um mich herumzulegen. Er drückt mich sanft an sich und streicht mir übers Haar.

„Ich habe keine Sekunde lang vergessen, dass du nichts davon hältst, die Begleitung für ein geschäftliches Meeting zu sein", verrät Leon und lässt mich aufhorchen. „Trotzdem wollte ich dich bei diesem Treffen unbedingt dabei haben, denn es ging um den Verkauf meiner Firma."

Ich löse mich aus seiner Umarmung und schaue erstaunt zu ihm auf. Wäre ich nicht so dumm gewesen, hätte ich seine Pläne längst erfahren können. Doch ich habe ihm nie die Gelegenheit gegeben, mich daran teilhaben zu lassen.

„Ich wollte dich informieren – über alles", setzt er seinen Monolog fort. „Am Samstagabend nach der Vernissage, habe ich es ein zweites Mal versucht, wollte dir erklären, dass ich Zeit haben würde, dich bei deiner Arbeit zu unterstützen. Ich hatte Ideen, dich international bekannt zu machen, deine Kunst in die ganze Welt zu bringen."

„Das hattest du vor?", frage ich entgeistert. „Ich kann nicht glauben, was du da sagst. Seit ich das Studium beendet habe, bin ich von Daniel nur kleingeredet worden, was die Malerei angeht. Unterstützung habe ich nie von ihm erfahren. Es ging immer bloß um seinen eigenen Erfolg. Leon, ich bin dir so dankbar dafür, dass du an mich glaubst – für alles, was du für mich getan hast. Wie kann ich das nur wiedergutmachen?"

„Du bist schon dabei", gibt er zu verstehen und setzt endlich ein liebevolleres Gesicht auf.

„Heißt das, dass ich eine Chance von dir erhalte?", frage ich zaghaft, in der Hoffnung, seine Worte richtig zu interpretieren.

„Möchtest du das denn?", fragt er mit skeptischem Ton. „Immerhin bist du gerade frisch getrennt, willst womöglich in Ruhe zu dir finden, deine Freiheit genießen."

„Würdest du mir meine Freiheit denn nehmen?", erwidere ich, doch ich bin mir längst sicher, dass er das niemals täte, mir den nötigen Raum gäbe, mich zu entfalten.

„Nein", antwortet er erwartungsgemäß. „Und das weißt du auch."

„Dann haben wir das ja geklärt", bemerke ich und werfe ihm ein zartes Lächeln zu.

„Ja, das haben wir", gibt Leon zurück, ohne eine Miene zu verziehen. Das verunsichert mich, führt dazu, dass meine Furcht mich wieder einholt, ihn verloren zu haben. Noch hat er mir keine zweite Chance eingeräumt.

„Leon, bitte lass mich nicht so lange zappeln. Wenn du mich nicht mehr willst, sag es gleich. Ich ertrage diese Anspannung nicht mehr", komme ich direkt zur Sache. „Was muss ich tun, um dich von meinen Gefühlen zu überzeugen?"

„Küss mich einfach", antwortet er zu meinem Erstaunen und senkt seinen Kopf, um mir seine Lippen sanft auf den Mund zu drücken. Augenblicklich werde ich durchflutet von kleinen Blitzen. Mein Blut gerät in Wallung und ruft mir in Erinnerung, wie viel Leidenschaft ich für ihn empfinde. Ich ziehe seinen Kopf weiter zu mir herunter und erwidere seinen Kuss zärtlich, presse mich so fest an ihn, wie ich kann. Ich möchte ihn nicht mehr freigeben, seinen Körper an meinem befestigen. Ob ich ein paar Schnüre im Kofferraum versteckt habe? Ich werde gleich mal nachschauen.

Die Zeit vergeht und wir stehen im Flur seines leeren Hauses und halten uns in den Armen. Jedem ist bewusst, wie kurz davor wir gestanden haben, uns zu verlieren.

„Wo wohnst du jetzt?", durchbreche ich die Stille, als mir wieder einfällt, dass auch das Ferienhaus verkauft ist.

Leon löst sich nur ungern von mir, um mir zu antworten. Unsere Umarmung hat schon einen Verknotungsgrad erreicht, der kaum noch zu entwirren ist.

„Im Hotel", antwortet er knapp.

„Das kann doch aber kein Dauerzustand sein", gebe ich zu bedenken. Warum hast du alles verkauft? Wo sind deine Möbel?"

„Einen Teil habe ich einlagern lassen, den anderen verkauft. Und wo wir zukünftig wohnen werden, entscheidest du. Ich werde dir keinen unnötigen Luxus aufdrängen, den du nicht willst."

„Du hast das für mich getan?", entfährt es mir. „Dein Ferienhaus, das Appartement, den Sportwagen? Alles verkauft – für mich?" Leon streicht mir mit der Hand durchs Gesicht. „Und wenn ich heute nicht zu dir gekommen wäre? Was hättest du dann gemacht?"

„Dann wäre ich zu dir gefahren", gibt er preis und schmunzelt überlegen. „Glaubst du, ich hätte dich so einfach aufgegeben?"

„Nicht?", kann ich kaum fassen, was ich da höre.

„Denkst du denn, ich wäre im Leben so weit gekommen, wenn ich mich durch kleine Niederlagen einschüchtern ließe? Aber ich bin froh, dass du hier bist und mir gezeigt hast, wie wichtig ich dir bin."

„Das bist du, Leon", bestätige ich seine Worte und fange seinen glücklichen Blick ein. „Und ich habe meine Lektion gelernt", mache ich klar. „Aufgeben ist keine Option!"

25

Zwei Jahre sind inzwischen vergangen. Leon und ich leben zusammen in einem kleinen Haus an der Ostsee, in dem wir uns ausgesprochen wohlfühlen. Ich bin glücklich, und das nach so vielen Jahren der Entbehrungen. Und ich rede nicht vom Finanziellen. Erst heute ist mir klar, was mir all die Zeit gefehlt hat. Ein Leben ohne Liebe und voller Konflikte ist ein armes Leben. Vermögen und materieller Überfluss kann das Fehlen menschlicher Wärme nicht aufwiegen. Erst mit Leon darf ich erfahren, wie schön es ist, einen Partner an der Seite zu haben, der einen akzeptiert, wie man ist, und liebt – mit allen Ecken und Kanten. Ich kann ich sein, und das ist für mich etwas völlig Neues. Endlich entfalte ich mich und entdecke das Leben neu.

Leon hat mir im Dachgeschoss ein herrliches Atelier ausbauen lassen, in dem ich mich ausbreiten und verwirklichen kann. Der Blick zum Wasser und die Ruhe hier in der Einsamkeit heilen meine seelischen Wunden und lassen meine Inspiration erblühen. Während ich ein Bild nach dem anderen anfertige, und das mit wachsender Begeisterung, kümmert sich Leon um die Vermarktung. Mittlerweile habe ich den amerikanischen Markt erobert, was dazu führt, dass wir einige Male im Jahr in die USA fliegen müssen. Und plötzlich macht mir das Reisen wieder Spaß, habe ich Freude dabei, mit Leon durch New York oder andere Großstädte zu flanieren. Er bedrängt mich nicht, will nicht von einem Viewpoint zum nächsten hetzen. Wir lassen es ruhig angehen, genießen die Zeit in der Fremde in einem hübschen Café oder im Park.

Alles ist perfekt. Selbst Elli hat ihr Glück gefunden. Sie hat einen netten Mann kennengelernt, der es ernst mit ihr meint. Ein Durchschnittsverdiener ohne nennenswerte Qualifikationen, dafür aber treu und ehrlich. Und das Beste daran: Sogar Elli meint es ernst mit ihm. Vielleicht liegt es daran, dass er alle Merkmale eines Waldarbeiters aufweist. Angefangen von den Karohemden bis zum gut trainierten Bizeps.

Ich sagte ja, alles ist perfekt!

Hatte ich schon erwähnt, wie glücklich ich bin? Ich kann es gar nicht oft genug sagen.

***

Leseprobe:
„Liebe braucht keine Hexerei" von Sabine Richling

Kapitel 1

Der Sitzstreik

„Ich weiche hier nicht eher von der Stelle, bis Sie mir einen Job geben", betone ich kampfeslustig und setze mich demonstrativ auf den kalten Fußboden vor diesen kleinen knochigen Mann, der gerade dabei ist, meine Zukunft in nur einer einzigen Minute zu ruinieren.

„Wir haben keinen Bedarf", war seine vorschnelle Antwort, ohne mich auch nur einmal nach meinen Eignungen gefragt zu haben. Auch wenn ich eigentlich keine nennenswerten Fähigkeiten für die Arbeit auf einem Gutshof mitbringe, so habe ich doch wenigstens das Recht, danach gefragt zu werden.

Ich brauche dringend Arbeit. Andernfalls kann ich meine weiteren Zukunftspläne an den Nagel hängen. Denn Zukunftspläne kosten Geld. So ist das nun mal im Leben. Ich denke nicht daran, so schnell aufzugeben! Schließlich bin ich nicht nach Irland gereist, um ein paar Wochen später wieder zurück nach Schottland zu fahren. Nein, mein Lieber, da hast du die Rechnung nicht mit mir gemacht! Ich, Jennifer Robertson, bin eine

Kämpfernatur und wenn ich mir etwas in den Kopf gesetzt habe, dann gibt's gewissermaßen keine Hindernisse für mich!

So gesehen gibt es schon hin und wieder Hindernisse, aber ich versuche, sie beharrlich zu überwinden. Na gut, ich will ehrlich sein, die Überwindung von Hindernissen gelingt mir nicht öfter als jedem anderen Menschen, aber zumindest scheue ich mich nicht vor einer ausgiebigen, aber leider nicht selten vergeblichen Kontroverse, gleichwohl mit überzeugenden Argumenten zur Vertretung meines Standpunktes. In diesem Augenblick beispielsweise überzeugt mein Sitzstreik außerordentlich und nervös zappelt der knochige Mann um mich herum.

„Um Himmels willen, so stehen Sie doch wieder auf. Wenn Mr. Barclay Sie so sieht."

„Ja, was passiert dann, wenn Mr. Barclay mich so sieht? Bekomme ich dann einen Job?"

„Sie können mir glauben, dass Ihnen das nur Ärger einbringt, aber keinen Job."

„Wissen Sie, das bin ich gewohnt. ‚Ärger' ist gewissermaßen mein zweiter Vorname."

Mir ist natürlich klar, dass Mr. Barclay, auf dessen Anwesen ich mein kleines Sit-in verübe, mich in dieser Sitzposition möglichst nicht vorfinden sollte. Ich kenne ihn nicht weiter, nur seinen Namen. Und seinen fragwürdigen Ruf. Falls an den Gerüchten etwas dran sein sollte, könnte er überaus cholerisch sein. Und auf Schreiattacken bin ich heute nicht eingestellt. Für gewöhnlich bin ich allerdings für solche Fälle gerüstet. Da ich aber neu in dieser Gegend bin und dringend Geld benötige, bröckelt meine Selbstsicherheit ein wenig. Aus diesem Grund wäre ich verbalen Angriffen diesmal schutzlos ausgeliefert. Daher bin ich plötzlich geneigt, „Knochis" Ermahnungen Folge zu leisten und mich vom Boden zu erheben. Ich sitze ja praktisch inmitten des Innenhofes und habe einen guten Blick auf das prachtvolle Gebäude mit seinen Stallungen und Nebenhäusern. Nicht unwesentlich an diesem Sachverhalt ist, dass man von allen Fenstern sämtlicher Gebäude wiederum gewiss einen ausgezeichneten Blick auf den Innenhof hat. Demzufolge auch auf mich.

„Nun stehen Sie doch endlich auf oder wollen Sie, dass ein Unglück passiert?", ermahnt mich „Knochi" erneut.

Was? Könnte es ein noch größeres Unglück geben, als keine Arbeit zu haben?

Rosefield, Mr. Barclays Gehöft, ist das einzige in dieser Gegend und sein gewaltiges Gut gibt über einem Drittel der hier ansässigen Menschen Arbeit. Es ist so gut wie ausgeschlossen, an anderer Stelle nach Arbeit zu fragen. Absolut aussichtslos. Ich muss hier einfach arbeiten. Eine andere Lösung gibt es nicht. Meine gerade bezogene Wohnung und die Schule müssen finanziert werden.

„Mr. ..." Wie soll ich ihn anreden? „Knochi" ist sicher nicht sein richtiger Name.

„Mein Name ist Downey", klärt er mich auf.

„Gut, Mr. Downey, ich flehe Sie an, Ihre Entscheidung noch mal zu überdenken. Es gibt keine Arbeit, die ich nicht bereit wäre anzunehmen. Und ich garantiere Ihnen, dass ich ordentlich und zuverlässig bin."

In diesem Augenblick kommt Mr. Barclay mit einem Geschäftspartner aus dem Haus und sieht erstaunt zu uns herüber. Oha! Jetzt gibt's Ärger. Halt dich gut fest, Jenny. Ein Sturmtief kündigt sich an.

„Was ist denn hier los?", fragt Mr. Barclay unwirsch, nachdem er uns erreicht hat. Sein Geschäftspartner sieht von Weitem zu uns herüber und begibt sich ebenfalls interessiert in unsere Richtung. Auch noch Zeugen. Wie unpassend.

Mr. Downey zeigt mit seinem Finger auf mich und redet ganz aufgeregt drauflos. Pack deinen unverschleierten Finger wieder ein! Wie ungezogen!

„Mr. Barclay, diese junge Dame will einfach nicht einsehen ... Sie hat nach einer Anstellung gefragt ... Jetzt ist sie einfach in den Sitzstreik getreten ... Was hätte ich denn tun sollen? ... Es ist mir wirklich schrecklich unangenehm. Bitte entschuldigen Sie die Unannehmlichkeiten, aber sie will einfach nicht ... Ich weiß ja auch nicht ..."

Mr. Barclays Gesichtszüge scheinen zu entgleisen. Wahrscheinlich kann ich seine aufbrausende Ader gleich live erleben. Oh, jetzt wird es spannend. Dabei kann ich mir überhaupt nicht vorstellen, dass dieser Mann die Fassung verlieren könnte. Er ist attraktiv und attraktive Männer sind in meiner Vorstellung einfach nicht jähzornig.

„Sehen Sie zu, dass Sie der Dame einen Posten beschaffen", sagt er mit einem Mal absolut unerwartet. „Sie sehen doch, dass ich Besuch habe. Was glauben Sie, was dieser Zirkus hier für einen Eindruck macht."

„Aber wir haben nichts frei. Alle Stellen sind besetzt. Wo soll ich sie einsetzen?"

„Mr. Downey, Sie sind für die Koordination aller wichtigen und nichtigen Dinge zuständig. Wenn ich Ihnen solche Fragen beantworten könnte, bräuchte ich Sie hier nicht. So viel Verstand sollten Sie schon selbst besitzen, um dieses kleine Problem zu lösen."

Mr. Barclays Blick fällt auf mich.

„Kennen Sie sich mit Pferden aus?"

Kreidebleich schaue ich ihn an. Oh je. Muss er mich ausgerechnet nach Pferden fragen?

„Ich bin als Kind mal auf einem Pony geritten."

Verlegen kratze ich mich hinterm Ohr. Was für eine blödsinnige Antwort. Ich hätte auch einfach nein sagen können. Aber das wäre ja zu simpel gewesen. Wenn's richtig drauf ankommt, plappere ich dummes Zeug. Und jetzt kommt's gerade richtig drauf an. Mir fehlt in den ausschlaggebenden Momenten immer noch das Verhandlungsgeschick. Das muss ich dringend noch üben. Wie auch immer. Mit Pferden kenne ich mich jedenfalls nicht die Bohne aus. Diese Tiere sind mir einfach viel zu groß und ehrlich gesagt habe ich furchtbare Angst vor ihnen. Und sie vor mir.

„Knochi" wird zunehmend nervös, denn ihm entgeht genauso wenig wie mir, dass Mr. Barclay ungeduldig wird.

„Können Sie kochen? Wie sieht es mit Ihren hauswirtschaftlichen Fähigkeiten aus?", fragt Mr. Barclay nun angespannt, denn ihm sitzt sein Geschäftspartner im Nacken, der zusehends näher kommt.

„Ehrlich gesagt, nein, aber wenn ich mir Mühe gebe, zaubere ich Ihnen ein ganz hervorragendes Omelett."

Gut gemacht, Jenny! Wenn du weiterhin nicht mehr Talent als ein Strohballen vorzuweisen hast, kannst du die Hoffnung auf eine Anstellung auf diesem Hof endgültig begraben.

Ich zwinkere mit einem Auge, doch Mr. Barclay schaut völlig konsterniert zu mir.

„Sie werden doch wohl irgendetwas können."

Aber ja, ich kann „Kranke pflegen". Nur dieses Talent nützt mir hier wahrscheinlich nicht viel. Verdammt! Ich verspiele gerade jegliche Chance auf einen Job. Mr. Barclay ist bereit, mir jede erdenkliche Arbeit aufzudrängen, nur um mich endlich aus seinem Innenhof zu vertreiben. Das sind doch ganz gute Aussichten. Und das alles ohne cholerisches Geschrei. Die Anwesenheit seines Besuchs zwingt ihn wahrscheinlich dazu, sich gut zu benehmen. Warum preise ich meine nicht vorhandenen Talente nicht ein wenig mehr an? Weil ich nicht lügen kann. Selbst unter größten Mühen gelingt mir das nicht. Meine Tante hat mich zur Ehrlichkeit erzogen. Dafür könnte ich sie heute noch erwürgen. Was hat sie sich nur dabei gedacht? Wer sagt schon unablässig die Wahrheit?

„Also gut", bemerkt Mr. Barclay nun verfügend, „die Stallgasse werden Sie ja wohl noch fegen können. Und erheben Sie sich jetzt sofort von meinem Grund und Boden, bevor ich mir meine Entscheidung wieder anders überlege!"

Freudestrahlend erhebe ich mich und bin geneigt, Mr. Barclay für dieses bescheidende Arbeitsangebot um den Hals zu fallen. Doch ich halte mich schweren Herzens zurück.

Ich darf die Stallgasse fegen. Das ist ja wunderbar!

„Danke, Mr. Barclay. Das ist wirklich großzügig von Ihnen."

„Mr. Downey klärt alle weiteren Formalitäten mit Ihnen, Miss ...?"

„Oh, Robertson ist mein Name, Jennifer Robertson."

„Gut, Miss Robertson. Also dann ...", sagt er abschließend und wirft mir einen fragenden Blick zu. Offensichtlich fragt er sich selbst, was er da gerade getan hat. Er hat einer Verrückten, die seinen Innenhof besetzt hielt, einen Job gegeben, obwohl sie absolut nicht für die Arbeit auf einem Gutshof taugt. Das muss ihm sofort klar gewesen sein.

Am nächsten Morgen erscheine ich pünktlich um neun Uhr zum Arbeitsantritt. Mr. Downey erwartet mich bereits und drückt mir einen großen Besen in die Hand.

„So, dann zeigen Sie mal, wie gut Sie im Fegen sind. Es gibt hier drei Stallgebäude. Ich hoffe, die Arbeit wird Ihnen nicht zu viel", bemerkt „Knochi" amüsiert und zwinkert mir zu. „Ihr gestriger Auftritt hat sich hier herumgesprochen. Einige Mitarbeiter sind schon ganz neugierig auf Sie. Ich bin mir sicher, dass Sie sich schnell einleben werden. Herzlich willkommen!" Er reicht mir seine dünne Hand. Das ist doch schon mal ein guter Anfang.

Am Nachmittag, als ich gerade den Besen für eine kleine Verschnaufpause beiseitelege, bekomme ich überraschend Besuch. Eine junge attraktive Dame in meinem Alter betritt den Stall und eilt in einem hastigen Tempo auf mich zu.

„Wenn du glaubst, dass du hier einfach so hereinschneien kannst, um mir ein zweites Mal das kaputt zu machen, was ich mir erarbeitet habe, dann täuschst du dich gewaltig. Ich werde das nicht zulassen."

Wow! Veronica Stephens. Wir kennen uns seit der Schulzeit und haben im selben Krankenhaus in Edinburgh gelernt. Während ich mich zu einer passablen Krankenschwester entwickelte, blieb sie auf dem Stand einer Vorzeitheilerin stehen. Das scheint sie mir ewig übel zu nehmen. Dabei bin ich vollkommen schuldlos an ihrer Misere. Trotzdem scheint sie mich heute noch für alles verantwortlich zu machen.

„Du brauchst dir keine Sorgen zu machen, Veronica. Ich habe nicht vor, dir irgendetwas wegzunehmen. Ich brauchte nur einen Job. Oder möchtest du lieber die Stallgassen pflegen?", frage ich mit einem ironischen Unterton.

„Sei nicht albern", erwidert Veronica, „zu solch einer Arbeit würde ich mich niemals herablassen."

„Na bitte, dann hast du ja kein Problem mit mir. Denn ich mache diesen Job gern."

„Ja, du hast dich schon früher durch die Hintertür eingeschlichen und mich ins Abseits gedrängt."

Langsam bin ich ernsthaft verärgert. Sie hat kein Recht, so mit mir zu reden. Schließlich hab ich ihr damals aus der Patsche geholfen. Offensichtlich hat sie ein verschrobenes Bild der eigentlichen Realität. Vielleicht sollte ich ihrem Gedächtnis ein wenig auf die Sprünge helfen.

„Du weißt genau, Veronica, dass du dir alles selbst zuzuschreiben hast. Du solltest dir die Wahrheit eingestehen."

Sie wirft ihr blondes Haar energisch nach hinten und sieht mich provozierend an.

„Ich warne dich, Jennifer, solltest du deine Nase zu tief in Angelegenheiten stecken, die dich nichts angehen, dann werde ich dafür sorgen, dass du in dieser Gegend keinen Fuß mehr auf den Boden bekommst!"

Wie eine Dampflok stampft sie rauchend hinaus und knallt rabiat die Tür ins Schloss.

Diese unerfreuliche Begegnung könnte mir allerdings den guten Start hier verderben. Am besten gehe ich Veronica die erste Zeit einfach aus dem Weg. Dann dürfte sich der Sturm im Wasserglas schon wieder legen. Hoffe ich.

Ich höre leises Lachen hinter mir. Erstaunt drehe ich mich um und erblicke „Knochi", der das unschöne Wiedersehensgespräch zwischen Veronica und mir detailgenau mitbekommen haben muss, denn er arbeitete gerade unbemerkt in einer der hinteren Pferdeboxen.

„Sie sind ein couragiertes, furchtloses Mädchen. Ich kann mir schon vorstellen, dass Sie für Veronica Stephens eine gefährliche Konkurrenz werden könnten."

„Nicht doch. Ich habe wirklich keine Ambitionen auf eine Beförderung. Ich möchte eigentlich nur in Ruhe meine Arbeit machen und genügend Zeit zum Lernen finden.

„Wir werden sehen", murmelt „Knochi" vieldeutig.

Weiß er bereits etwas, was mir bislang verborgen blieb? Dann würde ich es gern erfahren.

„Wie meinen Sie das?", will ich wissen.

Lächelnd verlässt der alte Mann den Stall. Von einer Erklärung keine Spur. Seltsamer Kauz.

Nach ein paar Tagen habe ich schon mit einigen Mitarbeitern des Hofes Bekanntschaft gemacht. Die meisten von ihnen sprachen mich bewundernd auf meinen kleinen Sitzstreik im Innenhof an und konnten es kaum fassen, dass ich auf diese Art zu einem Job gekommen bin. Tja, hätte ich auch nicht gedacht. Aber Hartnäckigkeit zahlt sich anscheinend aus. Das ist genetisch bedingt. Ich kann nix für meine Starrköpfigkeit. Meine Tante ist wesentlich anstrengender als ich, was dazu führt, dass sich viele vor ihr fürchten.

Mir ist nicht entgangen, dass „Knochi" für die Aufgaben im Stall bereits zu alt geworden ist. Seine Gesundheit leidet unter der schweren Arbeit und nicht selten schafft er sein Pensum nicht mehr in der vorgeschriebenen Zeit. Daher greife ich ihm ein wenig unter die Arme und helfe ihm beim Ausmisten der Ställe.

Gedankenverloren stehe ich in der leeren Pferdebox und hebe das schmutzige Stroh auf die Mistgabel, um es in die Schubkarre fallen zu lassen, als sich meine Freundin Veronica Stephens meinen Bemühungen in den Weg stellt.

„Was hast du hier verloren? Ich kann mich nicht erinnern, dass Ställe ausmisten zu deinen Aufgaben gehören würde! Für dich ist einzig und allein der Besen reserviert."

Und sie scheint mir für die Aufgabe des Hofdrachens genau die Richtige zu sein. Es kann ihr doch egal sein, was ich mache. Solange die Stallgassen immer sauber sind. Das Fegen füllt doch meinen Arbeitstag gar nicht aus. Und wenn ich Mr. Downey dabei helfen kann, sich etwas zu schonen, dann ist das schließlich nur gut für alle Beteiligten.

„Ich verstehe nicht, wo dein Problem ist, Veronica. Solange wir beide uns nicht in die Quere kommen, kannst du doch ganz beruhigt sein. Ich will dir nichts wegnehmen und habe kein Interesse an Pferden. Du brauchst also nichts zu befürchten."

Wie ich inzwischen erfahren habe, ist Veronica als Bereiterin angestellt. Da könnte ich ihr, selbst wenn ich es wollte, niemals den Rang ablaufen. Pferde hassen mich. Jedenfalls glaube ich das.

„Bitte sehr, du willst also nicht hören, dann werde ich wohl ein ernstes Gespräch mit Mr. Barclay führen müssen, ob Mr. Downey unter diesen Umständen auf dem Hof überhaupt noch benötigt wird. Sollte er also gekündigt werden, kannst du es ganz allein dir zuschreiben."

„Das kann nicht dein Ernst sein, Veronica!"

Was für eine fiese Methode, Unschuldige in unsere Streitereien mit hineinzuziehen. Auf keinen Fall werde ich das zulassen.

„Unter diesen Umständen wird mir wohl nichts anderes übrig bleiben. Wir bezahlen doch nicht zwei Kräfte für die gleiche Arbeit."

Hocherhobenen Hauptes verlässt sie den Stall. Offenbar erhebt sie Ansprüche auf eine Alleinherrschaft über alles und jeden. Wütend über ihre Worte, schiebe ich die Schubkarre in den Hof, um das verdreckte Stroh auf den Misthaufen fallen zu lassen. Ich höre lautes Pferdegetrappel rasant näher kommen. Als ich mich umdrehe, sehe ich, wie David Barclay im flotten Galopp auf mich zugeritten kommt. Er wird mich doch wohl nicht umreiten? Meine Güte, wann bremst er endlich ab? Oder funktionieren die Bremsen an seinem Pferd etwa nicht?

Knapp vor meiner Nasenspitze kommt das tollwütige Pferd zum Stehen. Zur Begrüßung schnaubt es mir direkt ins Gesicht. Bevor ich etwas auf seine ungestüme Reitattacke bemerken kann, springt Mr. Barclay aus dem Sattel und drückt mir die Zügel in die Hand.

„Hier, halten Sie das Pferd einen Augenblick, ich bin gleich wieder zurück!", fordert er von mir und will sich gerade aus dem Staub machen, als er erstaunt zurückschaut.

„Wer sind Sie eigentlich?", fragt er mich verdutzt und kratzt sich im gleichen Augenblick am Kopf.

Leider gelingt es mir nicht, ihm seine Frage zu beantworten, denn aus irgendeinem Grund scheine ich das Pferd nervös zu machen. Da haben wir wieder mein kleines Problem. Hab ja gleich gesagt, dass ich kein Händchen für diese Tiere habe.

Angestrengt versuche ich, es ruhig am Zügel zu halten, aber dummerweise wehrt es sich immer heftiger dagegen.

Meine Tante sagte mal, dass meine Aura die Tiere verunsichere. Das hilft mir natürlich sehr. Was ist eine Aura?

Das Pferd hat mehr Kraft als ich. Gleich hat es sich losgerissen.

„Meine Güte, Sie werden doch wohl noch ein Pferd halten können!", fährt mich Mr. Barclay mit einem Mal an. Aufgebracht kommt er zu mir gelaufen und entreißt mir die Zügel. Erstarrt sehe ich ihn an. *Aber ... aber ich kann doch nichts dafür! Oder doch?* Wie durch ein Wunder beruhigt sich das Pferd wieder und steht regungslos da, als sei nichts gewesen. Mr. Barclay sieht mich nachdenklich an.

„Sind Sie nicht diese Frau ..., wie war doch gleich Ihr Name?"

„Robertson ist mein Name. Jennifer Robertson. Und ich bin diejenige, ja."

Sein eben noch raubeiniges Wesen verwandelt sich mit einem Mal in ein durchaus heiteres. Kann meine Anwesenheit dies verursacht haben? Ich dachte, meine Aura verschreckt alle?

„So, so, Miss Robertson. Ich denke, vor Ihnen sollte man sich in Acht nehmen. Ihre Vorstellung an diesem Tag hat mich ganz schön verwirrt. Obwohl ich Sie eigentlich von meinem Grundstück hätte verweisen müssen, habe ich Ihnen tatsächlich eine Anstellung gegeben. Wie ist Ihnen das nur gelungen, mich auf diese Weise breitzuschlagen? Ich konnte meine Entscheidung danach überhaupt nicht mehr nachvollziehen. Aber Sie scheinen mit ihrer Persönlichkeit sehr überzeugende Signale auszusenden. Mir blieb so gesehen gar nichts anderes übrig."

Er lacht bei seinen letzten Worten. David Barclay kann lachen. Der gefürchtete Choleriker hat auch liebenswerte Seiten. Also kann er doch gar kein so schlechter Mensch sein.

„Sie hatten noch Glück, Mr. Barclay. Normalerweise arbeite ich mit schwarzer Magie. Allerdings gehören Innenhofbesetzungen zu meinen weltlichen Spezialitäten."

„Verstehe. Dann bin ich für die Zukunft ja gewarnt. Ich hoffe nicht, dass ich mit dieser Magie Bekanntschaft machen muss", bemerkt er schmunzelnd.

„Keine Angst, meine Zauberkünste benutze ich nur in absoluten Notsituationen."

„Bei diesen außergewöhnlichen Talenten sollte es sicher kein Problem für Sie sein, einen Augenblick dieses Pferd hier ruhig zu halten, bis ich wieder zurück bin."

Lächelnd hält er mir die Zügel wieder hin.

„Oh, Mr. Barclay, ich flehe Sie an. Bitte lassen Sie mich nicht mit dem Pferd allein. Irgendwie habe ich kein Händchen für Tiere. Sie mögen mich nicht. Ich weiß auch nicht, woran das liegt, aber immer, wenn ich einem Tier zu nahe komme, reißt es aus. Wenn Sie Ihr Pferd für die kommenden Wochen nicht mehr benötigen, dann können Sie jetzt selbstverständlich ruhig gehen. Vielleicht kommt es eines Tages von allein zurück. Bitte tun Sie, was immer Sie tun müssen, aber sagen Sie später nicht, ich hätte Sie nicht gewarnt."

Mr. Barclay lacht belustigt. Wer hat mir eigentlich erzählt, er könnte nicht lachen? Vielleicht besitze ich ja doch übernatürliche Kräfte.

„Passen Sie auf, Miss Robertson. Das ist fast so einfach wie Magie."

Er nimmt meine Hand und legt die Zügel hinein.

„Sie müssen die Zügel nur kürzer halten. So ist es richtig. Jetzt schließen Sie fest Ihre Hand und stellen sich neben das Pferd. Sie müssen sich in die Augen schauen können. Sehen Sie. Ist doch gar nicht so schlimm. Und jetzt schön so stehen bleiben und nicht bewegen, bis ich wieder da bin."

Langsam schleicht Mr. Barclay davon und dreht sich dabei einige Male kontrollierend nach uns um. Ängstlich schaue ich dem Pferd in das große schwarze Auge. Es spitzt seine Ohren und schaut auf mich herab. Habe ich gerade Freundschaft mit einem Pferd geschlossen? Es scheint mich plötzlich zu akzeptieren. Wie versteinert stehen mein neuer Freund und ich geschlagene zehn Minuten regungslos im Hof und warten, bis ich das erste Mal wage, mit meiner anderen Hand vorsichtig über den Hals des Pferdes zu streichen. Es beugt den Kopf zu mir herab und knabbert an meinem schulterlangen Haar. Ich bin fassungslos. Das muss ich unbedingt meiner Tante berichten. Vielleicht ist mir meine Aura abhandengekommen.

Nach einer halben Ewigkeit kommt Mr. Barclay endlich zurück.

„Na bitte. Das hat doch wunderbar geklappt. Nur weiter so, Miss Robertson, und Sie haben eine steile Karriere als Pferdeflüsterin vor sich."

Lachend löst er die Zügel aus meiner verkrampften Hand, schwingt sich auf das Pferd und reitet wieder davon.

Leseprobe „Liebe braucht keine Hexerei" von Sabine Richling

Kapitel 2

Aufgezäumt und abgezügelt

Inzwischen sind zwei Monate vergangen und ich habe mich recht gut eingelebt. Eh ich's mich versah, hatte ich noch ein paar neue Freundschaften geschlossen. Aber meine wertvollste Freundschaft, die seit Beginn elementaren Bestand hat, ist die zu Charly, David Barclays Pferd. Seit jenem Tag bin ich regelmäßig zu seiner Box getrottet und habe ihn mit Mohrrüben und Äpfeln versorgt. Wenn er mich in den Stall kommen hört, scharrt er aufgeregt an der Holztür seiner Box.

Als ich meiner Tante während unserer regelmäßigen Telefonate von meiner für mich so sonderbaren Freundschaft zu einem Tier berichtete, wusste sie sofort eine Erklärung dafür. Mein Leben nähme eine ungeahnte Wendung. Auf dem Gebiet der Hellseherei ist sie natürlich Expertin. Sie ist eine Hexe. Zwar eine sehr moderne und besenlose, aber sie liest aus Kaffeesätzen, aus Händen, legt Karten und hat ständig Vorahnungen. Das kann mitunter ziemlich nerven, weil sie grundsätzlich alles besser weiß.

George betritt den Stall, gerade als ich Charly wieder einmal mit Leckereien verwöhne.

„Wenn du ihn weiter so mästest, wird er noch zu dick. Ich weiß nicht, ob Mr. Barclay davon so begeistert wäre, wenn er wüsste, dass du sein Pferd überfütterst."

George ist hier als Vorarbeiter angestellt und er hat die Verantwortung für alle Tiere, die sich auf diesem Hof befinden. Er nimmt seine Aufgabe sehr ernst. Daher kann ich mir nicht sicher sein, ob meine außerplanmäßigen Fütterungen von Charly unter uns bleiben. Veronica übt einen ziemlich großen Druck auf alle Mitarbeiter aus und es ist nicht auszuschließen, dass George ein wenig für sie herumspitzelt. Aus diesem Grund beschließe ich, zukünftig etwas vorsichtiger bei meinen geliebten Fütterungsaktionen vorzugehen. Auf keinen Fall möchte ich mir diese einzigartige Freundschaft mit dem ersten Tier in meinem nunmehr dreiunddreißigjährigen Leben untersagen lassen müssen.

„Nein, keine Angst, ich habe ihm nur eine kleine Möhre gegeben. Mehr nicht. Wollte sowieso gerade gehen", betone ich und mache mich auf den Weg nach draußen.

„Du hast es gut, kannst jetzt Feierabend machen. Ich hab gleich einen dringenden Termin und nun soll ich Charly für Mr. Barclay satteln, weil Mr. Downey nicht mehr da ist. Oder würdest du vielleicht ...?"

Ich?! Ein Pferd aufsatteln?! Weiß ich, wie das geht? Das kann doch eigentlich nicht so schwer sein, oder?

„Ja, klar. Ich mach das schon. Geh nur", biete ich George freimütig an. „Kein Problem."
Glaube ich.
„Wirklich? Das ist ja großartig von dir. Vielen Dank. Du hast einen gut bei mir."
Ich werde dich daran erinnern, falls du mich in Sachen Charly bei Mr. Barclay anschwärzen solltest.
„Ja, ja, nun geh schon, bevor ich es mir anders überlege."
Kaum habe ich mich umgedreht, ist George auch schon verschwunden. Vielleicht hätte ich ihn wenigstens fragen sollen, wo ich die Ausrüstung für Charly finde? Verlassen und verloren stehe ich nun im Stall und biege mich in alle Richtungen. Dann kommt mir eine wirklich kluge Idee in den Sinn: nämlich in der Sattelkammer nachzusehen. Und tatsächlich, ich werde fündig. Unter Dutzenden von Sätteln finde ich, dank der akribischen Beschriftung, auch Charlys Sattel nebst Zaumzeug und Putzgegenständen. Blindlings werfe ich mir die Zügel über den Kopf, den Sattel über den Arm und angle mir mit der freien Hand den Koffer mit den Putzutensilien. Mühsam schwanke ich mit meiner Last aus der Sattelkammer. Doch plötzlich verfange ich mich mit dem linken Bein im Zügel, dessen einer Teil inzwischen nachlässig von meiner Schulter zu Boden gerutscht ist. Wie eine Schlinge zieht sich der andere Teil des Zügels um meinen Hals zu, denn mein Bein hat sich in den zu Boden hängenden Schlaufen komplett verstrickt, und somit ziehe

ich meinen Knoten um den Hals noch fester zu. Ich verliere das Gleichgewicht und falle samt Sattel und Koffer zu Boden. Mein Kopf schlägt auf dem harten Stein auf. Doch das merke ich kaum. Das muss an meinem unverbesserlichen Dickkopf liegen. Denn als wäre nichts gewesen, stehe ich sofort wieder auf und klopfe mir den Staub von meiner Kleidung. Ein kleiner Sturz, na und! Ich werde es doch wohl noch schaffen, ein Pferd aufzuzäumen!

Ein paar Minuten später steht Charly mit gespitzten Ohren in der Stallgasse und lässt sich genüsslich von mir striegeln. Soweit, so gut. Viel falsch machen konnte ich dabei nicht. Aber jetzt kommt der schwierigere Teil. Das Aufsatteln. Wie herum kommt wohl dieses blöde Ding? Ein paar Mal wechsle ich die Stellung des Sattels auf Charlys Rücken. Ich drehe ihn von links nach rechts, schiebe ihn nach vorn, dann wieder weiter nach hinten. Die Zeit vergeht mit angestrengtem Nachdenken. Ich überlege hin und her und schlussendlich schaffe ich es tatsächlich, mich für eine Richtung zu entscheiden. Die meiner Meinung nach optimalste Lösung für die Position des Sattels auf dem Rücken des Pferdes ist zwar etwas abweichend von dem, was ich bisher so gesehen habe, aber es erscheint mir trotzdem irgendwie richtig. Daher ziehe ich optimistisch den Sattelgurt um Charlys Bauch fest zu. Gleichzeitig kontrolliere ich, ob seine Augen aus der Augenhöhle hervorquellen, für den Fall, ich hätte den Gurt zu fest um seinen Bauch gezogen. Dem scheint aber nicht so, daher widme ich mich frohgemut dem Zaumzeug. Natürlich bemerke ich sofort, dass ich hier vor einem fast unlösbaren Problem stehe. Ich habe nicht die geringste Ahnung, welcher Teil der Lederriemen an Charlys Kopf gehört und wo die Schnallen befestigt werden. Die Gebissstange halte ich für einen feschen Kopfschmuck und nach einigem Herumprobieren gelingt es mir wirklich, alles so an Charly zu befestigen, dass es irgendwie fest sitzt. Die Gebissstange glänzt dezent an seiner Stirn und die Verschlüsse der Riemen sind fein sichtbar für jeden direkt auf der Oberseite seines Kopfes angebracht. Charly sieht nicht so aus, als wäre ihm meine Konstruktion irgendwie unangenehm, folglich gehe ich davon aus, dass ich alles richtig gemacht habe. Stolz reibe ich mir die Hände und betrachte mein Werk. Da wird Mr. Barclay aber staunen. Ganz sicher hat das Aufzäumen noch niemand so gut hinbekommen wie ich. Beschwingt gehe ich in den hinteren Teil des Stalles und suche nach meinem Besen. Versteckt in einer leeren Box, finde ich ihn. Ich gehe hinein und höre im gleichen Augenblick cholerisches Geschrei von der Eingangstür des Stalles zu mir herüberhallen.

„Verflucht noch mal, was ist das hier für ein alberner Scherz?! Welches Kamel hat diesen Blödsinn hier verzapft?! Mrs. Stephens! Ich will sofort eine Erklärung für diesen Mist hier! Wer war das?!"

„Oh, Mr. Barclay, es tut mir so leid, aber ich kann mir das einfach nicht erklären. Ich hatte George darum gebeten. Keine Ahnung, was er sich dabei gedacht hat."

„Finden Sie den Verantwortlichen und schicken Sie ihn in mein Büro! Und zwar sofort! Und sorgen Sie dafür, dass mein Pferd anständig aufgezäumt wird!" …

„Liebe braucht keine Hexerei"
von Sabine Richling erschienen beim
AAVAA Verlag als Taschenbuch und E-Book.

Weitere Romantikkomödien von Sabine Richling

„Ein Iglu für zwei"
erschienen beim AAVAA Verlag als Taschenbuch, E-Book, Hörbuch und in Englisch

Was passiert, wenn man mit einem berühmten Musiker gesehen wird?

Genau in diese Lage gerät Malina. Denn alle Welt schaut jetzt auf sie und denkt, sie wäre mit ihm zusammen – weshalb sie sich am liebsten an den Nordpol verkriechen würde. Um der allgemeinen Aufmerksamkeit zu entgehen, zieht sie sich zurück.

Doch dann begegnet sie dem aufgeblasenen Schürzenjäger erneut …

„Gefühlschaos inklusive"
erschienen beim AAVAA Verlag als Taschenbuch und E-Book

Claudia ist wieder Single. Es muss ihr nur noch klar werden, dass dies ihr Glück ist. Obwohl sie sich fest vornimmt, eine angemessene Zeit um ihre gescheiterte Beziehung zu trauern, dauert es nicht lange und drei neue Männer buhlen um ihre Gunst – von denen ist einer schwul, der andere ihr Quasi-Schwager und der dritte ihr Chef. Da wird einem die Entscheidung doch leicht gemacht. Oder nicht? Als Claudia ihren Ex-Freund zusammen mit einer neuen Frau wiedersieht, ist das Gefühlschaos perfekt. Oliver tröstet sie, aber dann kommt ihr Chef Christian ins Spiel …

Romantik-Fantasy-Roman
von Sabine Richling und Christina Lelewell

„Die Macht der schwarzen Perlen" erschienen bei BoD als Taschenbuch, E-Book und in gebundener Ausgabe

Als Fotografin in einem Hamburger Verlag ist die sechsundzwanzigjährige Annika einiges gewohnt und lässt sich von niemandem beirren. Nur in der Liebe übt sie sich in Zurückhaltung. Doch dann lernt sie James auf der Party ihrer Freundin Cilly kennen und kann nicht glauben, was er ihr für eine Lüge auftischt. Er behauptet, ein Außerirdischer zu sein, und flugs von diesem Moment an ereignen sich seltsame Dinge. Die sonst kritische Annika sieht sich mit unerklärbaren Phänomenen konfrontiert. Woher kommt James und wer ist er?

Romantischer Zukunftsthriller
von Sabine Richling

„Dach der Hölle" erschienen bei BoD als Taschenbuch und E-Book

In der Hölle der Verdammnis trifft Arun auf die schöne Untergründlerin Sharie. Wie kann es sein, dass dieses zarte Geschöpf in der Rohheit der Unterwelt überlebt? Durch sie wird er auf die Missstände unter der Erde aufmerksam und nimmt sie kurzentschlossen mit. Doch seine Macht reicht nicht aus, um die junge Frau zu schützen. Der machthungrige General Ley erteilt ihm den Befehl, Sharie zurückzubringen. Arun fügt sich widerwillig, aber seine Leidenschaft für das Mädchen ist entfacht. Hat er jemals so gefühlt? Umgeben von einem dunklen Geheimnis zieht Sharie ihn in ihren Bann.

Sabine Richling ist 1968 in Berlin geboren und aufgewachsen. Nach Abschluss einer kaufmännischen Ausbildung arbeitete sie viele Jahre in einem Handelsunternehmen. Später wechselte sie zu einem Hamburger Verlag. Inspiriert durch die Verlagsluft schrieb sie die ersten Entwürfe einiger Kurzgeschichten. Eine Erkrankung riss sie aus dem Berufsleben, daher widmete sie sich verstärkt dem Schreiben.

Heute schreibt sie am liebsten Beziehungskomödien und unterhaltsame Kurzgeschichten. Im Dezember 2012 veröffentlichte sie den romantischen und humorvollen Roman „Ein Iglu für zwei", der aufgrund seines Erfolges anschließend als Hörbuch und in englischer Sprache erschien. Es folgte im März 2013 die amüsante Liebeskomödie „Gefühlschaos inklusive", später die

Romantikkomödie „Liebe braucht keine Hexerei", die im Oktober 2013 erschien.

Bald entdeckte sie ihre Leidenschaft für Fantasy und Mystik. Es blieb unausweichlich, einen Roman zu schreiben, der alles vereint: Liebe, Romantik, Fantasy und Science-Fiction. Also holte sie sich Schützenhilfe und kreierte mit ihrer Freundin Christina Lelewell den Fantasy-Romantik-Roman „Die Macht der schwarzen Perlen", der im Dezember 2015 in zweiter Auflage erschien und ein Genre bedient, das es in dieser Form noch nicht gab. Zur gleichen Zeit arbeitete sie an dem Fantasy-Romantik-Thriller „Dach der Hölle", der inzwischen ebenfalls in zweiter Auflage erschienen ist.

Buch-Trailer:

„Ein Iglu für zwei"

www.youtube.com/watch?v=_jKT2W6pLPU

„Liebe braucht keine Hexerei"

www.youtube.com/watch?v=KPLmUgmj3fA

„Gefühlschaos inklusive"

www.youtube.com/watch?v=ZOnOrnUcmEg

„Die Macht der schwarzen Perlen"

www.youtube.com/watch?v=v-fTGEmmsk4

„Dach der Hölle"

www.youtube.com/watch?v=7aGjHWP-VMM